神奇柑仔店10

順風耳軟糖的報應

文 廣嶋玲子 圖 jyajya 譯 王蘊潔

目錄

序章

「錢天堂」是一家世上絕無僅有的神奇柑仔店，專賣各種神奇的零食和玩具。

錢天堂的老闆娘叫紅子，她是一個像相撲選手一樣身材高大的女人，頭髮像雪一樣白，皮膚很光滑，外表看起來很年輕。她最愛穿古錢幣圖案的紫紅色和服，也喜歡在頭髮上插許多玻璃珠髮簪。

某一天晚上，紅子難得抱著雙臂、愁眉不展的坐在房間裡，店

貓墨丸和許多金色小招財貓都坐在她面前，牠們也坐立難安、心神不寧。

這也難怪，因為目前有個客人一直賴在錢天堂不走。

這個客人名叫杉田健太，今年八歲，在紅子出門旅行的時候上門。他在三天前來到錢天堂，但是並沒有買零食或玩具，只是堅稱「我想留在這裡」。

在紅子旅行期間負責看家的招財貓，不知道這個客人是從哪裡來的，也搞不清楚他的目的，情急之下，只能把正在旅行的紅子叫回來。

紅子聽了招財貓的說明，也和那個男孩聊了一下，然後就關在自己的房間內思考。所有的招財貓和墨丸都屏住呼吸，注視著紅子。

過了一會兒，紅子終於嚴肅的開了口。

「那就讓他暫時留在錢天堂吧。」

「喵嗚！」

「喵喵！」

「雖然你們這麼說，但我也沒有別的辦法啊。他想留在錢天堂，留在這裡就是他唯一的願望。」

「……」

「更何況，」紅子瞪了一眼招財貓，「在我出門旅行的期間，柑仔店不是應該關門不做生意嗎？誰叫你們擅自去轉抽獎機，你們這種調皮搗蛋的行為，讓那個孩子成為幸運的客人，就這樣被引導到店裡來了。」

紅子在錢天堂時，每天早晨都會轉動抽獎機，根據滾出來的幸運球上所寫的數字，決定成為「幸運寶物」的硬幣。只有擁有那枚硬幣的人，才能造訪錢天堂。

照理說，紅子出門旅行的期間，應該不會有任何人來錢天堂才對，但是那些招財貓在看家時調皮搗蛋，擅自轉動抽獎機，結果就滾出了「五　昭和四十三年」的抽獎球。那個男孩身上剛好有昭和四十三年的五元硬幣，所以就順理成章的來到了錢天堂。

不過那個男孩到錢天堂後卻什麼都不想買，紅子有點苦惱，覺得遇到了麻煩事。

「你們竟然在我出門的時候闖下這種禍，要好好反省才行。」

「喵嗚？」

「不，他不會一輩子待在這裡。他看到店裡陳列的零食，很可能會產生新的渴望。總之，在此之前，只能讓他暫時留在店裡了。」

「話說回來，」紅子皺起了眉頭，「我還是第一次遇到這種事，竟然有客人上門是想留在錢天堂生活。搞不好他不是單純的客人，而是討厭、嫉妒我們的人偷偷派來店裡的。」

招財貓大吃一驚，七嘴八舌的討論起來，墨丸也豎起了尾巴。

「喵嗚喵嗚！」

「是啊，說到會做這種事的人，第一個想到的就是澱澱，但她目前還待在店裡的冷凍庫……總之，千萬不能大意。墨丸，你辛苦一下，好好監視他。只要密切觀察他的行動，或許就能了解真相。」

「喵嗚嗚！」

墨丸叫了一聲，似乎是表示牠接受這個任務。

「好，明天就像往常一樣開門做生意，雖然有一個來路不明的客人，但總不能整天都不營業。我知道會有點心神不寧，不過大家都要努力做好自己份內的事。」

「喵嗚！」

金色招財貓異口同聲的回答。

1 晴天檸檬糖

早上七點，「錢天堂」的黑貓墨丸，躡手躡腳的經過走廊來到一個小房間的門口，從門縫向內張望。

那個鋪了榻榻米的小房間原本是儲藏室，但是因為有客人突然上門，所以很快就整理乾淨鋪了被子。

那個小客人——健太已經起床，而且換好了衣服，正在摺睡衣和棉被。雖然他看起來很乖巧，但墨丸不喜歡他。

健太是個文靜的孩子，說話也很有禮貌，不會欺負或是捉弄墨丸和招財貓，但總覺得他另有圖謀。

連墨丸的鬍鬚都豎了起來，所以這種感覺絕對錯不了，主人懷疑他可能是「別有用心的人派來的間諜」，搞不好真的是這麼一回事。

墨丸下定決心，要好好盯著他的一舉一動。

健太摺好被子後走出房間，就這樣直接走去廚房，墨丸當然也靜靜的跟在他身後。

紅子現在正在廚房裡，她繫著白色圍裙，俐落的準備早餐要吃的煎蛋。金色招財貓也都在這裡，幫忙把白飯和味噌湯裝在小碗內，然後像接力一樣端到餐桌上。

健太看著眼前的景象，覺得有點不可思議的眨了眨眼，但他立刻擠出笑容，大聲的向紅子打招呼。

「早安！」

「喔，早安。」

紅子轉過頭回應。

墨丸的主人今天也很漂亮。她的頭髮像雪一樣白，臉蛋又很豐腴，高大的身材穿著圍裙也很好看。

墨丸平時都會跑過去向主人撒嬌，但牠今天忍住了，繼續留在原地觀察健太。

健太看到紅子時似乎有點畏縮。無論再怎麼狡猾或是心狠手辣的人，在紅子面前一定都會害怕。

紅子看到健太扭扭捏捏的站在那裡，便對他說：

「你先去隔壁的榻榻米房，藍色坐墊是你的座位。煎蛋快做好了，你坐著等一下。」

「需要幫忙嗎？」

「現在還不需要。」

健太走去鋪了榻榻米的房間，墨丸也緊跟在後。這時，墨丸和紅子對上了眼。

「拜託你了。」紅子用眼神這麼對墨丸說。

廚房隔壁的房間很寬敞，屋內整齊的排列著一個個小坐墊和矮桌，那些都是招財貓的座位。

最前面是個很大的紅色坐墊和特大尺寸的矮桌，不用說，那當然是紅子的座位。在那個座位的兩側，還分別各放了一個兒童用的坐墊和矮桌。右側的坐墊是銀色，左側的則是藍色。

健太已經坐在左側的坐墊上，墨丸覺得他看起來很討厭，忍不住狠狠瞪了他一眼。

「這個來路不明的傢伙，竟然要坐在主人的旁邊吃飯。哼，真是越想越火大。」墨丸心想。

墨丸故意放慢腳步，盡可能動作優雅的坐在自己的銀色坐墊上。

「啊，早安，我記得你叫墨丸對吧？」

健太用討好的語氣向墨丸打招呼，但墨丸只是看了他一眼，沒有其他的反應。

不一會兒，紅子端著裝了好幾個盤子的托盤走進房間，盤子上裝了滿滿的黃色煎蛋。

紅子把裝了煎蛋的盤子放在桌上，然後在自己的座位坐了下來。

「大家久等了，開始用餐吧。來，開動了！」

「喵嗚！」

招財貓異口同聲的叫了一聲，然後開始享用早餐。今天的早餐是剛煮好的飯、馬鈴薯味噌湯、醃蘿蔔，還有滿滿魚卵的柳葉魚，而裝了甜甜煎蛋的盤子也輪流傳給每一個人。

健太安靜的吃著早餐，墨丸也稍微放心的大口吃著柳葉魚。

這時，墨丸聽到健太問紅子：

「請問……今天要做什麼？」

「當然是要開門做生意啊。先打掃，接著把新商品放到貨架上，再用抽獎機抽出今天的幸運客人，然後再開門營業。」

「我可以幫忙嗎？」健太問。

「可以啊。」

聽到紅子的回答，不光是墨丸，就連坐在一旁聽他們對話的所有招財貓，都同時把味噌湯噴了出來，彷彿是在說：「怎麼會這樣！這家店這麼重要，怎麼可以讓他幫忙？」

所有的貓都大驚失色，只有紅子泰然自若。

「但是你在做任何事以前都要先問我，因為本店有許多商品都不簡單。」

「好！哇，太高興了，我一直想在這家店工作！」

健太興奮得大口吃著飯。

大吃一驚的墨丸也終於回過神。

主人同意讓健太在店裡工作一定有原因，無論如何，自己都要緊盯著他，所以現在必須趕快吃飯才行。

這麼一想，墨丸也開始大口吃了起來。

這個世界上，絕對有所謂的雨女、雨男。

佳奈是這麼想的，因為她自己就是雨女。

人生在世二十五年，每逢重要的日子都會下雨。生日、畢業典禮、遠足、旅行、約會都必定會下雨。聽說她出生的那天也下大雨，所以絕對是百分之百的雨女。

她所有朋友都知道這件事，經常調侃她說：「既然佳奈要來，那就要帶折傘了。」或是「拜託，你不要又帶雨一起來。」佳奈每次聽到這種話都覺得很煩。

「我也不希望自己是雨女啊！」

所以當佳奈收到了好友陽子寄來的喜帖，說她將在四月舉辦婚禮，希望佳奈一定要來參加，佳奈為此煩惱得不得了。

最好的朋友要結婚了，照理說，她應該排除萬難都要參加，但是萬一自己去參加，導致那天下雨怎麼辦？那就會毀了那場婚禮。

婚禮最怕遇到下雨，想到會濺得滿身泥濘，就必須放棄穿高跟鞋，也不能穿和服，還必須考慮交通的問題。喜帖上寫著「婚禮採取花園派對的方式」，萬一下雨，肯定會毀了喜慶的氣氛。

「唉，還是別去參加，買禮物寄給陽子就好。」

星期天，佳奈決定去百貨公司買禮物，結果那天也下起了雨。

「這就是所謂的禍不單行，屋漏偏逢連夜雨。」

佳奈撐著傘，垂頭喪氣的走去公車站。她的心情始終都很沮喪。真希望自己能成為晴女，哪怕只有一天也好，那就可以放心去參加陽子的婚禮了，也可以當面向新娘說聲「恭喜」！

等到佳奈不經意的抬起頭時，她嚇了一大跳。可能是因為心不在焉走錯了路，她在不知不覺中走進一條陌生的昏暗小巷。

她四處張望，想離開這條小巷，卻發現前面有一家柑仔店。那家柑仔店掛著「錢天堂」的牌子，店面看起來又小又舊，但整家店散發出迷人的魅力。

「來吧、來吧，過來這裡。」柑仔店好像在雨絲的另一端向她招手。

佳奈被那個寧靜的召喚聲吸引，就這樣走進了柑仔店。

店裡有一個很高大的女人，還有一個八歲左右的男孩。

女人一頭雪白的頭髮上插了五顏六色的髮簪，還穿著一件古錢幣圖案的紫紅色和服，一看就知道不是普通人。

那個男孩看起來很普通，穿著運動服和牛仔褲，很開心的看著佳奈。

「歡迎光臨，幸運的客人。」

「歡迎光臨，幸運的客人！」

男孩很有精神的跟著高大的女人招呼客人，他可能是老闆娘的小孩，在店裡幫忙。

真可愛。佳奈露出微笑打量著店內，發現店裡的商品都很神奇。順風耳軟糖、剛剛好口金包、貘貘最中餅、哈哈糖、控制蛋糕卷、妖怪羊羹、彩虹麥芽糖、芭蕾閃電泡芙、吵架花生、探險茶——以前從來沒有看過這些東西，佳奈不知不覺的專心打量起店裡的商品。

這時，那個女人對她說：

水果冰
教主夾心巧克力
順風耳軟糖
招
哈哈糖

「如果你有想要的東西，請儘管告訴我紅子。『錢天堂』隨時準備著豐富的商品，提供給幸運的客人。」

「想要的東西？」

自己並沒有想要什麼。

她想這麼回答，沒想到脫口而出的竟然是完全不同的話。

「我希望自己可以成為『晴女』。」

「成為晴女？為什麼？」

「因為我想去參加朋友的婚禮。」

聽完佳奈的說明，這個自稱是紅子的女人，臉上露出了笑容。

「原來是這樣，有一種零食完全符合你的需求。」紅子說完，從架子上拿出一個小瓶子，瓶子裡裝滿了檸檬形狀的糖果。

「這個『晴天檸檬糖』，是加了太陽精華的喜慶糖果，召喚好天氣的能力也無與倫比，你想要嗎？」

「我要買！」

佳奈毫不猶豫的回答。她一看到「晴天檸檬糖」，就覺得它屬於自己，想要得不得了。

「十元一瓶，請你用平成九年的十元硬幣支付。」

「咦？平成九年的十元硬幣？我不知道有沒有。」

「請在皮夾裡找一下，你一定有。」

聽到老闆娘這麼說，佳奈打開皮包找了一下，結果真的找到了平成九年的十元硬幣。

她怎麼會知道？

佳奈感到很不可思議，但還是付錢買下晴天檸檬糖。

「謝謝惠顧。其實……你不用這麼討厭下雨，不是有句話說『雨水是上天的恩惠嗎？』」

「哦，沒錯，說得也對。」

佳奈心不在焉的走出了柑仔店。

等那個年輕的女人離開後，健太抬頭看著紅子問：

「那個人會怎麼樣？」

「我也不知道她會怎麼樣，但這個十元硬幣遲早會告訴我，她到底有沒有得到幸福。健太，請你把這個十元硬幣放進瓶子裡，如果順利的話，又可以多一隻金色招財貓了。」

「好！」

健太一臉嚴肅的接過十元硬幣，把錢幣放進小瓶子中。

墨丸躲在暗處看著這一切。

佳奈興奮的走出小巷，她走在路上時，忍不住頻頻看著手上的「晴天檸檬糖」。

怎麼會有這麼棒的零食呢？檸檬的形狀也很可愛，就像是蜜餞在表面撒了砂糖，讓人看了忍不住流口水。而且糖果散發出淡淡的光澤，真的就像是太陽的精華。

這時，她發現瓶底有一張白色貼紙，貼紙上寫了以下內容：

喜慶的日子，當然希望天氣也晴朗。如果你有這種心願，那「晴天檸檬糖」就是為你量身打造的零食。只要吃一顆，效果就能持續一整天，但如果不是真……

之後的文字很模糊，可能是因為剛才手溼溼的，一直把瓶子拿在手上打量，所以字都化開了，無法看到說明書的完整說明。

「糟糕！好煩喔，我真的太討厭下雨了！」

佳奈嘴上這麼抱怨，但她的內心卻很雀躍。

可以讓喜慶的日子天氣放晴——如果真的有這種能力，不知道該有多好。現在雨越下越大，不如就來試試看。今天是買到「晴天檸檬糖」的喜慶日子，如果瓶子上寫的內容是真的，天氣就會放晴。即使太陽不露臉，至少應該不會再下雨了。

佳奈帶著期待和希望打開瓶子，把一顆晴天檸檬糖放進嘴巴裡。

「好酸！」

檸檬清新的味道充滿口腔，同時還能感受到甜味。蜂蜜般柔和的甜味在舌尖擴散，酸味和甜味非常協調，佳奈頓時有種幸福的感覺。她充分感受著這種美味，直到那顆糖果在嘴裡完全融化。

等佳奈回過神時，雨停了。她看向天空，發現灰色的烏雲漸漸散開，明亮的太陽露臉了。

「不會吧……」

她以為自己在做夢，所以捏了捏自己的臉頰，但天空真的放晴了。天氣預報明明說，今天會下一整天的雨。

佳奈仔細打量晴天檸檬糖的瓶子。

這是有魔力的糖果，是可以召喚太陽的糖果。沒想到真的有這種神力，雖然難以置信，但目前只能相信了。

喜悅漸漸在佳奈的內心擴散。這樣就沒問題了！即使去參加陽子的婚禮，也不會給任何人添麻煩。

「太棒了！」

佳奈忍不住高聲歡呼，收起雨傘跑回家裡。

她不想去百貨公司了，要趕快回家，在喜帖的回覆明信片上填寫「出席」。

那天之後，佳奈也用了好幾次晴天檸檬糖。

奶奶的生日、公司同事一起去賞花的日子，還有約會的時候，她都吃了晴天檸檬糖。

晴天檸檬糖每次都發揮了效果，它也讓佳奈第一次在約會時遇到晴天，所以在遊樂園玩得很盡興。

「這一切都是晴天檸檬糖的功勞，真希望有更多這種糖果，如果有很多晴天檸檬糖，就可以高枕無憂了。」佳奈心想。

於是她每逢假日就去「錢天堂」柑仔店之前所在的地方尋找，但是她始終沒有再找到那家店。

她走遍每一條小巷，不要說柑仔店了，附近就連一間商店都沒看到，簡直就像那家店根本不存在。

佳奈雖然很失望，但也更珍惜自己手上的晴天檸檬糖。

「只有在重要時刻才能吃，下一次要等到陽子結婚的時候再吃。」

終於等到陽子結婚的日子了。

天氣預報說今天是晴朗的好天氣，但為了保險起見，佳奈在出門前吃了一顆晴天檸檬糖。

「這樣就能安心了。」

她穿上漂亮的洋裝和心愛的高跟鞋，容光煥發的前往婚禮會場。

中途她遇到了另外五個朋友，其他人都驚訝的說：「佳奈來參加婚禮，竟然是好天氣！」

「呵呵，我已經擺脫雨女了，以後請叫我晴女。」

「什麼？你是晴女？」

「怎麼可能！今天剛好是奇蹟出現吧？」

「沒這回事，我已經變成晴女了！」

「好吧好吧，隨你怎麼說。我們走吧，趕快去看新娘。」

身穿婚紗的陽子美若天仙，新郎也很帥氣，佳奈和其他朋友都興奮的說：「好羨慕你可以嫁給這麼帥的人。」

不一會兒，婚禮開始了。佳奈來到舉行儀式的漂亮綠色庭園，再度慶幸自己吃了晴天檸檬糖。因為在花園舉行婚禮，天氣的好壞是關鍵。

在婚禮聖歌隊的歌聲中，新娘陽子緩緩走向在漂亮拱門下等待的新郎。

就在新郎和新娘牽手的時候……

「咻咻咻咻！」

突然一陣狂風吹來。這陣風很強，幾乎快把人吹倒了，現場到處都響起尖叫聲。

「這是怎麼回事！」

佳奈遮著臉，抬頭看向天空。

她大驚失色。

原本晴朗的天空突然烏雲密布，而且響起了轟隆隆的可怕聲

音。接著……

滂沱大雨傾盆而下，簡直就像天空中有無數個水桶同時被打翻了。

「啊啊啊啊啊！」

「哇啊啊啊！」

所有人都發出尖叫，婚禮會場的工作人員也驚慌失措的到處亂跑。

正當大家準備逃去可以躲雨的地方時，一道閃電劃過天空，好像要把天空撕成了兩半。

「啊啊啊啊啊！」

聽到別人的驚叫聲，佳奈陷入了崩潰的情緒，她覺得一定是自己帶來了這場突如其來的暴風雨。雖然不知道理由，但她認為原因就出在自己身上，得趕快離開會場才行。

「為了大家、為了陽子，我要趕快離開。」

佳奈在大雨中奔跑，臉上的淚水也絲毫不比大雨遜色……

那天晚上，朋友們紛紛傳訊息給她，大家發現佳奈突然從婚禮會場消失，都覺得很擔心。

佳奈辯稱：「我被雷聲嚇到，忍不住就逃走了。」

「白天的雷聲真的太可怕了，不過那場雨是怎麼回事？該不會是佳奈召喚來的吧？原本還是大晴天，結果突然下那麼大的雨，這實在太詭異了。看來你不只是雨女，而是暴風雨女。」

雖然朋友傳這些內容應該只是在開玩笑，但佳奈感到很沮喪。

婚禮時突然下雨應該是自己造成的，但是為什麼會這樣？自己明明已經吃了晴天檸檬糖，為什麼還會下雨？而且還是下暴風雨？難道是「雨女」的能力太強，連「晴天檸檬糖」也抵擋不了嗎？

總之，佳奈因為自己毀了陽子的婚禮感到很愧疚。

但是幾天之後，沮喪的佳奈收到了更令她崩潰的通知。陽子傳訊息給所有人說：「我不結婚了，真的很對不起那天特地來參加的各位，你們送的紅包我會如數歸還。」

佳奈深受打擊，簡直就像被當頭敲了一棒。

陽子不結婚了，難道是因為婚禮遇上暴風雨，她覺得不吉利嗎？如果真的是這樣，這一切都是自己的錯。

佳奈覺得自己造成了朋友的不幸，並且為此痛苦不已。之前她對「晴天檸檬糖」充滿感謝，如今卻覺得這個零食很可恨、很討厭。

煩惱了好幾個星期後，佳奈終於忍不住約陽子見面。

陽子看起來出乎意料的精神抖擻，她用笑臉迎接佳奈。看著那樣的陽子，佳奈向她開口道歉。

「對不起！」

「你為什麼跟我說對不起？突然這麼說是出了什麼事嗎？」

「婚禮的事……那場暴風雨應該是我引起的。」

「佳奈，你在說什麼啊？啊，我知道了，因為有人說你是『暴風雨女』，所以你一直耿耿於懷嗎？」

「你別把這些玩笑話放在心上。」陽子笑著說，「而且，如果是你引起那場暴風雨，我反而要感謝你。要是我真的嫁給那個人，後果就不堪設想了。」

「咦？」

陽子露出凝重的表情，對瞪大眼睛的佳奈說：

「佳奈，你那時候已經離開了，所以可能不知道……當第二次雷聲響起時，他竟然離開我跑去他媽身邊，還叫著『媽媽，我好害怕啊』。」

「不會吧……」

「這是真的，他嚇得像小孩子一樣哭了起來，我和其他人看了都很傻眼，只有他媽一臉擔心的說『小信，別害怕，媽媽和你一起去裡面。』結果他們母子倆真的走進室內，把我這個淋成落湯雞的新娘留在原地。」

陽子聳了聳肩說：「我沒想到自己會遇到那麼慘的事。」

「變成那樣，婚事只能告吹了。我看到他的臉就想吐，這場婚禮當然也進行不下去了。而且我事後才知道，他不只膽小，還有嚴重的戀母情結，而且花錢如流水，到處向人借錢欠債，好像也是為了錢才和我結婚的。」

「這是真的嗎？」

「當然是真的。我被他騙了，因為他在我面前都裝得很乖，我爸爸還很高興的說多虧有那場暴風雨，才可以認清他的真面目，和他斷絕關係。」

陽子一臉神清氣爽，似乎真的很高興。

目瞪口呆的佳奈突然恍然大悟。

晴天檸檬糖會讓喜慶的日子天氣放晴，但陽子的婚禮根本不是喜事。如果真的和那個男人結婚，陽子一定會很不幸。晴天檸檬糖會為「不值得慶賀的日子」帶來什麼？該不會是天氣非但不會放晴，反而會召來風雨，而且還是暴風雨？

「所以才會下起暴風雨嗎？」

但如果不是真正的喜事，就會召喚暴風雨。

佳奈猜想瓶底的貼紙上，那些因為碰到水而看不清楚的內容，可能是寫了這句話。沒錯，一定就是這樣。

佳奈頓時覺得心情舒暢，鬆了一口氣。

總而言之，幸好陽子沒有心情低沉，而且也因此沒有嫁給一個渣男也很令人高興。佳奈覺得自己就像是在千鈞一髮之際救了公主的英雄。

她突然想到那家柑仔店老闆娘紅子說的話，紅子說：「雨水也是上天的恩惠。」這句話說得完全正確，晴天檸檬糖帶來的雨水，也帶來了好事。

「太棒了。」佳奈小聲的說。

里村佳奈，二十五歲的女人。平成九年的十元硬幣。

2 順風耳軟糖

那天早晨吃完早餐後，紅子對健太說：

「今天會稍微晚一點開店，因為我有事要處理一下。你和招財貓一起洗好碗後，請你幫忙打掃店裡。」

「好。」

健太按照紅子的指示和招財貓一起洗了碗，然後拿起抹布在店內打掃。總之，他順從的做好紅子吩咐的事，絲毫沒有怨言。

但是墨丸完全沒有鬆懈，因為他們直到現在還是不知道健太的底細，他是從哪裡來的？到底在隱瞞什麼？墨丸打算在了解清楚之前，每分每秒都要緊盯著他。

打掃完畢，健太收拾好打掃工具，然後走向店內深處。

他到底要去哪裡？

墨丸緊張的跟在他身後。

但健太只是去向紅子報告自己已經打掃完畢。

「老闆娘，我打掃完了。」

「這樣啊，辛苦你了。在開店做生意之前，你可以休息一下。」

紅子正在做針線活，她的手上拿著跟抹布大小差不多的東西，但使用的布料很鮮豔。

紅子拿著針不停縫補，健太小聲的問：

「請問你在做什麼？」

「你也看到了，我在縫補東西啊。招財貓的被子有點破了，我正在為牠們補棉被。好了，這樣就完成了。」

紅子把縫好的小被子放在一起，看著健太說：

「接下來要做你的衣服。」

「我、我的衣服？」

「對，既然你要在店裡幫忙，比起穿普通的衣服，穿符合店裡氣氛的衣服更理想。你來得正好，讓我量一下尺寸。」

紅子說完，便用捲尺測量起健太的身形。

健太站在那裡一動也不動，但露出了靦腆的笑容。墨丸覺得他的笑容很詭異，好像在暗中竊笑「太好了，紅子開始相信我了」。

「好，你現在可以自由活動了。什麼顏色適合你呢……啊，這塊布料感覺不錯。」

紅子從旁邊的籃子裡拿出藍色布料。略帶紫色的深藍色布料上，有著白色的三角形圖案。

紅子拿起剪刀喀嚓喀嚓的剪了起來，健太迫不及待的問：

「請問什麼時候可以做好？」

「馬上就做好了。紅子我很擅長做針線活，你就看著吧。」

紅子拿起針線，她的手好像在變魔術似的動了起來。

健太目不轉睛的看著紅子，似乎打算在衣服做好之前都不離開。

他到底有什麼打算？他接下來想要做什麼？

墨丸想著這些問題，繼續監視健太。

就讀小學五年級的智也覺得很煩。

班上的女生都很討厭，尤其是坐在他前面的美彌子和美漣。她們經常轉頭看智也，然後笑嘻嘻的小聲討論。智也覺得她們討厭極了。

「她們到底在說什麼？在討論我嗎？在說我的壞話嗎？如果有話要說為什麼不大聲說出來？可惡！」

他很想抓住她們的肩膀用力搖晃，問她們：「你們到底在說什麼？」但如果真的這麼做，班上所有女生一定會大叫：「智也動手打女生！暴力男！」到時候會更麻煩。

最後，智也只能忍耐，但是他的耐心幾乎快到極限了。

他很想知道她們到底在討論什麼，哪怕只知道一點點也好。要是知道她們討論的內容，就不會這麼心煩了。

從學校回家的路上，美彌子她們討厭的笑容一直在智也的腦海中打轉。他用力嘆了一口氣，然後好像聽到有人在叫他。

他抬頭看向旁邊，發現那裡有一條昏暗的小巷。如果是平時，他一定會頭也不回的走過去，但今天他格外好奇，很想走進去看看。

「有什麼關係嘛，進去探險一下，裡面一定有好東西。反正今天不用上補習班，不必急著趕回家。」智也心想。

智也走進了小巷，每走一步，周圍的環境就變得更加安靜，心情也越來越興奮。

這裡絕對不是普通的地方，他第一次感受到這種氣氛，前面一定有不同凡響的東西。

他的直覺沒錯，他在那裡發現了一家柑仔店，店裡陳列了許多以前從來沒見過的零食，而且它們好像都在閃閃發光，智也感覺到自己心跳加速。

「找到了，我終於來到這裡了，這裡絕對是魔法柑仔店。」

他吞著口水走進店裡，發現裡頭有一個比他年紀還小的男孩，穿著白色三角形圖案的藍色和服短外衣，抬頭挺胸的站在那裡。他是老闆的兒子嗎？

男孩看到智也，立刻露出笑容。

「歡迎光臨，幸運的客人！」

「啊？你是說我嗎？」

「對，能夠踏進這家店的人都是幸運的客人。這家店叫『錢天堂』，可以讓客人的心願成真。」

好奇怪。智也這麼想著，同時放眼打量店內，他越看越覺得那些零食和玩具太棒了。

「這是什麼？感覺好厲害，太棒了！」

當他探頭看向架子深處想看得更清楚時，忍不住倒吸了一口氣，因為他終於找到了想要的零食，找到了他發自內心渴望的東西。那種零食裝在手心大小的小盒子裡，盒子上畫了一個男孩豎起耳朵的模樣，上面用細字寫著「順風耳軟糖」。

「這個！我非買這個不可！」

智也回頭看著男孩說：

「我要買那個『順風耳軟糖』。」

「喔，好的，請稍等一下。」

男孩跑向店內深處，然後帶著一個身穿和服的高大阿姨走了回來。那個一頭白髮的阿姨氣場很強，她一看到智也立刻眉開眼笑。

「幸運的客人，歡迎來到『錢天堂』，聽說你已經找到了想要的商品？」

「啊，呃，是、是啊，我要買放在那裡的『順風耳軟糖』。」

「這樣啊，價格是五百元。」

「五、五百元？」

智也忍不住有些退縮，因為零食的價格偏高，而且五百元是他目前身上所有的財產。

但是智也並沒有不買東西的選項，因為他無論如何都很想要那款零食。

他把五百元硬幣遞給阿姨，阿姨又笑著對他說：

「沒錯，這的確是今天的幸運寶物，昭和五十八年的五百元硬幣。謝謝惠顧。」

阿姨說完之後，把「順風耳軟糖」交給了智也，然後意味深長的小聲對他說：

「如果想要聽到所有的事，反而會讓自己很累，適可而止比較好。」

雖然聽不懂這句話的意思，但智也還是點了點頭。

他牢牢握著「順風耳軟糖」一路跑回家，等回到自己的房間後，才仔細打量手中的零食。「順風耳軟糖」仍然有著不可思議的魅力，而且散發出比剛才更加強烈的吸引力。

「這是為我量身訂做的零食，我要趕快吃掉。」

他急急忙忙打開盒子，把裡面的東西倒在手心上。盒子裡裝著紅色、黃色和綠色的軟糖，而且全都是耳朵的形狀。

「太好玩了！」

智也笑著把軟糖放進嘴裡。紅色的軟糖是櫻桃口味，黃色是香蕉口味，綠色是萊姆口味。雖然味道各不相同，但都很有彈性，口

STOP

感也很有咬勁，每一種顏色的軟糖都很好吃。

智也一轉眼就吃完軟糖了，覺得有點可惜。

下次還要再買這種軟糖，也要告訴媽媽，如果看到這種糖果，一定要記得買回來。

智也沒有把順風耳軟糖的盒子丟掉，而是放進書桌的抽屜裡，打算晚一點拿給媽媽看。

突然，他覺得耳朵深處很癢。原本以為搔癢感一下子就會消失，沒想到卻覺得越來越癢，似乎是該挖耳屎了。

智也拿出掏耳棒清潔耳朵。

就在這時……

「告訴你一個祕密，我這個月死定了，我瞞著我老公買了一件春季新推出的風衣。」

智也聽到媽媽的聲音在耳朵旁響起，嚇了一跳，差一點就把掏耳棒塞進耳朵裡。

他急忙把掏耳棒拿出來，回頭察看。

「媽媽？」

但是他的身後沒有人。

「真奇怪。」

他偏著頭納悶時，又聽到了媽媽的聲音，而且這次聲音也是在耳邊響起。

「對啊，因為我太喜歡那件風衣了，無論如何都想要擁有，所以接下來這段日子，家裡只能吃偷工減料的懶人料理菜色了。呵呵呵，沒錯，千萬不能讓家裡的人知道。」

智也沒有看到媽媽，卻可以清楚聽到媽媽的聲音，簡直就像是有個透明的媽媽在房間裡。

智也冒著冷汗、心裡發毛，但是突然想起一件事。

「這……該不會是『順風耳軟糖』的效果？」

他急急忙忙把剛才放進抽屜的「順風耳軟糖」盒子拿出來，盒子背後寫著這樣的內容：

「順風耳軟糖」具有可以聽到別人說悄悄話的能力，只要吃了這款零食，就可以清楚聽到別人的祕密。只要想聽就能聽到所有的事，推薦給想知道別人祕密的人。

「果然是這個零食的效果！」

智也興奮起來。

「可以聽到別人說的悄悄話？那不正是我想擁有的能力嗎？」剛

才柑仔店的男孩說「這家店可以讓客人的心願成真」，原來他說的是真的。

不過智也還是有點無法相信，他決定要確認一下。

他悄悄走出房間，走去媽媽所在的廚房。媽媽正在講電話，雖然她說話的音量很小，智也卻聽得一清二楚。

「對，今天的晚餐是麻婆豆腐調理包，這道菜不用花什麼錢，而且我兒子也很喜歡。明天……來煮咖哩好了，把冰箱裡剩下的食材丟進去，他們就會以為加了很多料。」

媽媽竟然在打這種主意。智也聽了覺得很好笑，差點笑出來。

媽媽掛上電話後，智也若無其事的走進廚房。

「媽媽，今天晚上要吃麻婆豆腐嗎？」

「咦？對、對啊……你怎麼知道？」

「嘿嘿，明天該不會要吃咖哩吧？」

媽媽這次終於露出了驚訝的表情。

「你聽到我說的話了嗎？」

「因為媽媽說話的聲音傳進我耳裡了。但是會不會太過分啦？就因為媽媽買了新風衣，我和爸爸就得吃偷工減料的懶人料理，而且還要一直吃到發薪水的日子？」

「喂！你怎麼可以說這種話？」

「那是你自己說的啊，不知道爸爸聽到的話會說什麼。」

「呃……好、好啦，等到發薪水的日子，我會做你愛吃的菜。千萬不能告訴爸爸，知道了嗎？」

「好啊，那我要吃牛排，而且要厚厚切牛排。」

智也和媽媽完成交易後，一邊舔著嘴脣，一邊想：「這招真是太好用了。」

知道別人的祕密，就等於掌握了別人的把柄。只要妥善運用，對智也來說應該不是吃虧的事。

隔天，他興奮的去了學校。

學校內充斥著各種聲音。

「我今天的營養午餐可以吃兩份甜點，雄介說他不喜歡吃冷凍橘子，所以說好要給我吃，很棒吧？」

「那個女生很可愛。」

「慘了，我忘了寫功課。」

「我告訴你一個祕密，其實我不太喜歡美惠。」

「昨天大地同學的射門是不是很好笑？球踢得那麼有氣無力，當然不可能射中啊，真搞不懂他為什麼這麼受歡迎。」

各式各樣的聲音從四面八方傳來，智也覺得快瘋了。

但他很快就知道要怎麼選擇聲音。方法很簡單，只要將注意力集中在某一個地方，就只會聽到那裡的人竊竊私語的聲音。

智也終於用這種能力，聽到那兩個女生——美彌子和美漣究竟在說什麼了。

一開始上課，她們兩個人就開始小聲說話。和平時一樣，她們不時瞥著智也說悄悄話。

「智也今天的頭髮又翹起來了，好可愛喔。」

「美漣，你真的喜歡他？太沒眼光了吧。」

「我覺得他很好啊。他的耳朵總是清得很乾淨，我不喜歡耳朵髒髒的男生。」

「是喔，竟然是因為這樣……咦？好奇怪，他突然臉紅了。」

「真的耶，而且還低著頭，他是不是發燒了？」

智也的臉紅得像煮熟的章魚。

「咦？怎麼回事？美漣喜歡我？」智也太驚訝了，一不小心把鉛筆盒掉在地上。

「啊，你看他真的很呆耶，我勸你還是趁早放棄。」

美彌子輕蔑的說話聲傳入智也耳中，他的臉再次紅了起來，不過理由和剛剛不同。

他現在不想去思考美漣的事，應該要先解決美彌子。美彌子太可惡了，要好好教訓她才行。

智也將耳朵的注意力集中在美彌子身上，立刻蒐集到了情報。美彌子喜歡隔壁班的謙二，所以很嫉妒和謙二關係很好的早月，打算要偷偷把早月的鞋子藏起來。雖然美漣阻止她做這件事，但美彌子並不打算放棄惡作劇的計畫。

只要知道這件事就夠了。智也露出了得意的笑容。

下課後，他立刻跑去隔壁班。他和謙二在一、二年級時同班，至今仍然是好朋友。

「謙二，你現在有空嗎？」

「智也，你找我有什麼事？」

「你知道我們班上有一個女生叫上尾美彌子嗎？她好像在欺負你們班的早月。」

「真的嗎？」

謙二帥氣的臉立刻皺成一團。

「你是說我從小的好朋友早月嗎？」

「對，今天午休的時候，她打算偷偷把早月的鞋子藏起來。我想阻止這件事，你可不可以和我一起去鞋櫃那裡監視？你和早月同班，只要你也在旁邊，她應該就無話可說了。」

「要逮捕現行犯嗎？好啊，就這麼做。」

謙二用力點頭。

智也在心裡嘀咕：「美彌子，你活該，誰叫你要說我壞話，這就是懲罰。」

之後的發展和智也預期的完全一樣。

午休時，不知道智也和謙二正在監視自己的美彌子，來到了鞋櫃前。當她拿起早月的鞋子時，謙二立刻衝了出去。

「你在幹麼？這是早月的鞋子吧？」

「謙、謙二！你、你搞錯了……」

「我搞錯了什麼？我看得很清楚，你真是太可惡了！」

美彌子被自己暗戀的男生罵，立刻號啕大哭。智也在一旁竊笑，打從心底覺得太痛快了。

那天之後，智也充分運用了順風耳軟糖的力量。只要運用這種能力，就可以輕易報復說自己壞話的同學，而且豎起耳朵聽老師在辦公室的談話，還可以聽到老師打算在下一次考試出什麼題目。

智也覺得太好玩了，於是越玩越離譜。他告訴某個同學其他同學在說他壞話，導致同學之間發生爭執，還挑撥別人好朋友之間的關係。

但是這種情況當然不可能一直持續下去，其他同學漸漸發現智也造成了大家的不愉快。

大家發現這件事之後，就沒有人再理他了。大家不再和他說話，甚至還開始在智也的背後說他壞話。

「智也這個人很卑鄙。」

「專門偷聽別人的祕密。」

「挑撥離間。」

「噁心。」

「不要理他。」

這些話不斷傳入智也耳裡，讓他慌了起來。

「大家都討厭我嗎？我是不是玩過頭了？這下子慘了。」

他反省了自己的行為，想要和大家和好，但大家都不理他，現在就連美漣也討厭智也了。

壞話不斷傳入智也的耳朵，他幾乎快要崩潰了。即使捂住耳朵，仍然會聽到那些聲音。

「我根本不想要這樣，這才不是我要的，我只是想知道別人在說什麼而已。」智也後悔的想著。早知道就不要買「順風耳軟糖」了，應該要去向那家叫「錢天堂」的店抗議，竟然賣這麼危險的東西，太過分了。

放學後，智也第一個衝出教室，準備去找「錢天堂」。只要去那家店，應該就能解決這種能力。

但是當他走出校門時，又聽到了聲音。

「你聽說了嗎？一班的美連交了男朋友。」

「啊！不會吧？是誰？」

「嘿嘿，你想知道嗎？」

智也驚訝的停下了腳步。

美漣？是那個美漣嗎？她喜歡上別的男生了嗎？到底是誰？是誰啊？

他很想知道美漣的男朋友是誰，忍不住豎起了耳朵。

但是他只聽到嘰嘰的刺耳聲響和咚的沉悶聲音，然後就墜入了一片黑暗之中。

當他醒來時，發現自己躺在醫院的病床上。

媽媽泣不成聲的和爸爸一起守在病床旁。聽爸爸和媽媽說，他在學校前的馬路上被車子撞到，昏迷了一個月。

「幸好你醒過來了。」媽媽喜極而泣，然後罵他：「你為什麼突然在馬路上停下腳步？」

智也嘆了一口氣。「順風耳軟糖」不僅把他害慘了，還讓他出車禍在醫院躺了一個月，腿上還打了石膏，簡直就是厄運連連。

他突然想起學校的事。

不知道其他人在做什麼？他們還在生氣嗎？

雖然他不想聽別人說自己的壞話，卻很想知道同學的情況，所以就朝學校的方向豎起耳朵。

但是不管他再怎麼專心聽，卻什麼都聽不到。

「好奇怪。」

這次他專心的想著美漣。

不知道美漣現在在說什麼？之前聽別人說她交了男朋友，不知道是不是在和男朋友聊天？

但是智也還是什麼都聽不到。他發現自己現在連隔壁病房病人的聲音都聽不到了，忍不住目瞪口呆。

為什麼？怎麼會這樣？是車禍造成的嗎？怎麼會有這種事？

無論他試了多少次，結果還是一樣——順風耳軟糖的效果消失了。

為什麼會這樣？智也出院之後才知道其中的緣由。

有一天，他從抽屜裡隨手拿出「順風耳軟糖」的盒子，發現盒子底部用小字寫著注意事項。

注意事項：吃了這種軟糖很容易會累積耳屎，如果不經常清潔，耳朵就會被耳屎堵住，效果也會消失。一旦發生這種情況，就會失去「順風耳」的能力，所以要隨時保持耳朵清潔。

山手智也，十一歲的男生。昭和五十八年的五百元硬幣。

3 回家蛙

傍晚六點，紅子像往常一樣對健太說：

「今天的營業時間結束了，辛苦了，接下來都是你的自由時間。」

「好，那……我可以在晚餐前洗澡嗎？」

「你可以自由決定。」

「錢天堂」的地下室除了有生產零食的工房，還有一個像公共澡

堂那麼大的寬敞浴室。健太似乎很期待和金色招財貓一起在浴池裡泡澡，而且還說泡完澡和大家一起喝的牛奶是「全天下最好喝的牛奶」。

但是健太這天似乎有什麼心事，喝完牛奶之後仍然悶悶不樂的。

他終於要採取行動了嗎？

墨丸比平時更加密切注意健太的一舉一動。

晚餐後，健太戰戰兢兢的問紅子。

「請問，紅子老闆娘……我來這裡已經三個星期了。」

「是啊。」

「那個……你都不問我嗎？像是我住在哪裡？有沒有和家人保持聯絡？而且你也沒有叮嚀我其他的事。」

「其他的事？」

「像是叫我寫功課，問我為什麼不去學校，或是叮嚀我要刷牙、洗手和漱口。通常大人不是都會叮嚀這些事嗎？」

「因為我沒有資格說這些話。」

紅子平靜的回答。

「健太，你是本店的客人，只是目前還沒有找到自己想要的商品罷了。你既不是這裡的員工，也不是我的家人，即使你的功課變差，或是偷懶不刷牙變成滿口蛀牙，都和我沒有關係。」

聽到紅子平淡的回應，健太低著頭用像是蚊子叫的聲音詢問。

「我在這裡……會造成你的困擾嗎？」

「哎呀，怎麼可能會造成我的困擾呢？沒這回事。我剛才也說了，你是本店的客人，在你找到想要購買的東西之前，你可以一直留在這裡，你有這樣的資格。」

「……」

「所以，我之後也不會趕你走，即使你的家人拚命找你，甚至報警找人也一樣，因為『錢天堂』會把客人放在第一位。只是你必須記住一件事，紅子我並不是你的監護人，了解嗎？」

「嗯……我了解了。」

健太說完，快步走回自己的房間。

當然，墨丸還是緊跟在他的身後。

健太走到房間門口時，突然轉過頭說：

「墨丸，你一直盯著我，從早到晚都跟在我身後……你好像不喜歡我，所以才一直監視我，對不對？」

「……」

「不好意思，我不會離開，我必須留在這裡。在那個人來這裡之

前，我絕對不會離開。」

墨丸緊張起來。

「他必須留在這裡？這句話是什麼意思？那個人又是誰？」

但是健太沒有多說什麼，就這樣走進了自己的房間。

「唉，我又迷路了！」桃子嘆著氣說。

她原本打算去住家附近的圖書館，卻在不知不覺中來到了陌生的地方，到底是在哪裡走錯了路？

算了，這也不是第一次了。桃子無力的笑了起來。

桃子很容易心不在焉。

「萬一在那個路口遇到『龍』該怎麼辦？這個水窪會不會是通往異世界的大門？」

她的腦中會不斷浮現各種幻想，然後一頭栽入幻想的世界。每當她回過神時，就會發現自己走到了陌生的地方。

因為這個原因，桃子很不擅長參加團體活動。因為她整天都在迷路，所以會造成老師和班上同學的困擾。雖然她很討厭這樣的自己，但也無可奈何，因為她的腦海中就是會不斷浮現各種幻想。

「下個星期就要去遠足了……」

而且從今年開始的遠足是去爬山，每個班級都會分成好幾個小組，桃子覺得自己十之八九會迷路。

這次遠足她和神山乃乃美分在同一組。乃乃美是桃子的死對頭，她不知道對桃子有什麼意見，經常罵她「白痴」、「你腦袋有洞嗎？」遠足本身就夠讓人傷腦筋了，竟然還要和乃乃美一組，簡直是雪上加霜。

「好煩喔，萬一不小心迷路，乃乃美一定又會罵我。」

就算迷路，希望至少能在造成大家困擾之前回到原來的地方。

桃子越想越沮喪，不斷試圖尋找離開小巷的出口，但是她沒有看到出口，反而發現了意想不到的東西。

那是一家柑仔店，雖然店面看起來很老舊，但店裡的零食都很誘人，就連愛幻想的桃子也從來沒有想過，世界上竟然有這麼神奇有趣的零食。

她頓時激動起來。

這裡該不會是一家魔法柑仔店吧？對，一定是這樣。自己就像故事中的主人翁一樣，會在這裡得到神奇的寶物，然後展開驚人的冒險旅程！

桃子覺得自己是被選中的勇士，帶著興奮的心情走向柑仔店。

這時，有個男孩從店裡走出來，他的年紀和桃子差不多，身上穿著藍色和服短外衣，手上拿著掃把和畚箕，應該是準備要打掃店門口。

男孩一看到桃子，立刻露出了笑容。

「歡迎光臨，幸運的客人！」

「咦？呃，我想……」

「來這裡的客人絕對就是幸運的客人。請進。紅子老闆娘，有客人！」

男孩急忙跑回店裡，桃子也跟著他走進店內。店內有更多零食、玩具堆滿了所有貨架，一個像是相撲選手的高大阿姨坐在後方的櫃臺。

這個阿姨渾身散發出一種強烈的氣場，高大的身軀穿著一件紫紅色和服，像雪一樣白的頭髮上插了五顏六色的玻璃珠髮簪。她的臉很圓潤，白白嫩嫩的皮膚上完全沒有皺紋。桃子覺得她雖然看起來很年輕，卻像是活了好幾個世紀的賢者一樣。

她笑著對桃子說：

「幸運的客人，歡迎來到『錢天堂』。」

她的聲音很嫵媚，讓人心裡有點發毛。

桃子沉默片刻，才誠惶誠恐的問：

「請、請問……我是被選中的嗎？」

「被選中？嗯，是啊，你被今天的幸運選中了。」

「果然沒錯，」桃子感到激動不已，「我是特別的人。」她之前一直很希望自己與眾不同，沒想到這個願望終於成真了，實在太高興了。

「我接下來該怎麼做？」

「請你說出你的心願，我會拿出符合你心願的商品。這裡是『錢天堂』，可以為幸運的客人實現心願。」

阿姨甜美的聲音讓桃子感到很滿足。

「心願？該說什麼好呢？可以實現多大的心願？」

桃子想了很多，但還來不及仔細思考就脫口回答：

「我希望不會再迷路。」

「喔？你方向感很差嗎？」

「不，我的方向感並不會很差……只是我經常心不在焉，會不知道自己走到哪裡，或是和朋友走散。我很怕自己無法回到原來的地方，這種感覺很討厭。雖然只要有智慧型手機就可以解決問題，但我爸爸說小孩子不需要用智慧型手機，所以不肯幫我買……」

「原來是這樣。」阿姨點頭說：「你希望即使迷了路也能回到原來的地方，你想要有這種安心的感覺。既然這樣，有一件很適合你的商品。健太，你去左側角落的箱子裡找一個吊飾，是一個蘑菇形狀的吊飾。」

「好。」

原本站在旁邊的男孩立刻走過去，在箱子裡窸窸窣窣翻了一下，拿著某個東西走了回來。

「是不是這個？」

「沒錯，就是這個，你拿給客人看一下。幸運的客人，這就是本店很有自信的商品『回家蛙』。」

桃子注視著男孩遞給她的東西。

那是一個蘑菇形狀的吊飾，差不多像香菇那麼大，紅色的菇傘上有白色斑點，外形很可愛，而且粗粗的傘柄部分還有一個洞，裡面有一隻黃豆大小的綠色青蛙。

「我想要！」

強烈的渴望貫穿了桃子的身體，她很想要得到這個吊飾。阿姨小聲的對她說：

「只要有這個『回家蛙』，無論在任何時候，都可以帶你回到你想去的地方。但是下雨天就靠不住了，因為青蛙很容易在雨天玩性大發。」

阿姨接著問她：「你滿意這個商品嗎？」

桃子終於擠出聲音說：「我、我要買！」

「謝謝你喜歡這個商品。這個吊飾一百元，請用昭和五十八年的一百元硬幣支付。」

桃子聽從阿姨的指示，用她指定的一百元硬幣結帳，拿到了「回家蛙」，然後歡天喜地的走出這家神奇柑仔店。

當她回過神時，發現自己坐在一個陌生公園的長椅上。如果是平時，她一定會很不安的想：「這裡是哪裡？我有辦法回家嗎？」但是她今天完全不害怕。

不管自己在哪裡都沒關係，最重要的是，她有了「回家蛙」。

桃子用陶醉的眼神看著「回家蛙」，越看越覺得它很可愛，也覺得這個吊飾很重要，簡直就像是寶物。不，它真的是個寶物，因為這是她得到的魔法道具。

那個柑仔店裡的阿姨說：「只要有這個『回家蛙』，無論在任何時候，都可以帶你回到你想去的地方。」現在剛好可以試一試。

「我想去圖書館。」桃子對自己說。

她的手緊握著「回家蛙」，心裡想著圖書館。

但是，什麼事都沒有發生。

桃子有點失望，她原本以為自己能夠瞬間移動，但「回家蛙」顯然沒有這種魔力。她決定試著走走看，也許可以看到熟悉的風景。

她邁開步伐，但滿腦子都在想著那家柑仔店。

那家店裡有各式各樣的零食，看起來好像都有魔法，但真的有魔法嗎？自己不應該買「回家蛙」的，也許買「夢幻肉乾」會比較好，剛才自己也很想買那個零食，說不定買「夢幻肉乾」會更好玩。

「慘了！」

自己又心不在焉了，這樣下去會越來越找不到路。

她急忙看向周圍，忍不住目瞪口呆。圖書館就在眼前，那就是她想去的地方。剛才自己明明在胡思亂想，沒想到竟然可以走到想去的地方，簡直就是奇蹟。

是奇蹟嗎？不對，這是「回家蛙」的力量，是那個吊飾把桃子帶來這裡吧。但是真的是這樣嗎？說不定這只是巧合。桃子心想：乾脆再試一次，看看到底是不是真的。

桃子這次想要回家。她向前踏出一步，沒想到兩隻腳居然自動向前走了起來。

她的雙腳堅定的在前方轉角轉彎，接著走過路口，然後很快就到家了。

桃子高興的拍著手。

「好厲害、好厲害，果然是『回家蛙』的力量，這是個有魔法的道具！」

要是以後再迷路也不用感到害怕了，無論發生什麼事都沒關係。

那天過後，桃子一直把回家蛙帶在身上。只要有回家蛙，就算再怎麼心不在焉也沒關係。在她沉浸於幻想世界的期間，還是可以抵達想去的地方。

但是回家蛙也有做不到的事，那就是它無法帶桃子去以前沒有去過的地方，回家蛙的魔法似乎只有「回到曾經去過的地方」而已。

就算是這樣，桃子也很滿足。總之，不會迷路是最重要的。即使一個人走失了，只要對回家蛙說「去大家集合的地方」，就可以如願以償。這樣一來，去山上遠足就不必擔心了，這是桃子第一次期待遠足的到來。

終於到了遠足的日子。當天的健行行程是從山麓的自然公園出發，繞山上的健行步道走一圈，然後再回到公園。

抵達公園後，全班先分成好幾個小組，然後再依次出發。桃子的小組成員有桃子、乃乃美、香穗，還有三個男生。

桃子忍不住在內心嘆氣，覺得這個小組讓人渾身不自在。雖然是用抽籤決定分組，但和乃乃美分在同一組簡直倒楣透頂。而且桃子以前幾乎沒和香穗聊過天，香穗很文靜，感覺是個無憂無慮的人。至於另外三個男生，桃子也完全沒有和他們說過話。

總之，自己千萬不能因為迷路被同組的人責怪。桃子握緊了掛在背包上的回家蛙。

桃子的組別是第八組，離出發還有一點時間，桃子決定先去公園的廁所，乃乃美也說要一起去。

沒想到當她們回到集合地點時，只剩一臉快哭出來的香穗站在那裡，另外三個男生都不見蹤影。

「對、對不起，我叫他們不要走，但他們不聽。」

香穗說那三個男生先上山了。「我們要在這附近找鍬形蟲，你們自己先往前走，我們等一下就去找你們，就這樣嘍！」那些男生說完，一轉眼就跑進了樹林。

桃子聽了臉色發白，如果老師得知這件事，自己也會挨罵，無論如何都要在被老師發現之前找到那幾個男生，和他們會合。

桃子、乃乃美和香穗，對站在健行步道入口的老師說：「男生先上山了，我們現在去追他們。」然後才走進山裡。她們一上山，就立刻離開健行步道去找那三個男生，但是山上的樹木很茂密，很快就找不到剛才走過的路在哪裡。

「沒、沒問題嗎？是不是跟老師說實話比較好？」

香穗有點害怕的問，但乃乃美瞪著她說：

「如果告訴老師，連我們也會一起挨罵！我才不要被罵，你別想這種事了，專心找他們啦。」

「喔，好吧。」

「唉，真的太生氣了。」

在那之後，乃乃美也一直在罵人。

「他們三個都是傻瓜，真的是傻瓜！他們為什麼搞不懂，萬一迷路了會造成大家的困擾！」

「香穗，如果你剛才制止他們，我們現在就不必浪費這種時間了，你真的很沒用。」

「喂，桃子！不是那裡啦，走這裡！如果連你也走失，我真的要昏倒了。」

「我真是太倒楣了，竟然和你們這些人同一組！香穗一點用也沒有，桃子又是個路痴，唉，我真的太倒楣了！」

乃乃美的抱怨沒完沒了，桃子越聽越煩。

她只會說別人的壞話嗎？真希望她迷路。

桃子突然停下腳步。

對啊，乾脆就讓她迷路好了？反正對象是乃乃美，應該要讓她吃點苦頭。

很多以前發生過的事，全都湧上了桃子的心頭。

每次桃子一犯錯，乃乃美就會用最難聽的話攻擊她，而且乃乃美向來目中無人，只要遇到不高興的事就會罵人。乃乃美真的很討厭，真想好好教訓她。

桃子立刻想到了教訓乃乃美的計畫。

再往山裡走一點，就把乃乃美丟在那裡。雖然事後會去找她，但要讓她體會一下走失時的心情。

桃子若無其事的讓乃乃美繼續往山裡走。要做到這一點很簡單，只要桃子問：「走這裡是不是比較好？」乃乃美一定會走去相反的方向。

「你的直覺絕對靠不住。」

乃乃美自信滿滿的走在最前面，向樹林深處前進。桃子跟在她身後，在心中笑了出來。

桃子覺得距離差不多了，這裡離健行步道有一段距離，聽不到任何人說話的聲音，一旦在這裡迷路，絕對無法輕易下山。

桃子故意大聲的問：

「乃乃美，這條路好像不太對。不要說那幾個男生了，就連其他人也完全看不到，我們是不是迷路了？」

「你在胡說什麼！」

乃乃美氣勢洶洶的轉過頭說：

「我怎麼可能會迷路？我又不是你，我走的路絕對沒問題！」

「但是從剛才開始就沒有遇到任何人！」

「你少囉嗦！我不是說了沒問題嗎？」

乃乃美氣得滿臉通紅。桃子在內心笑了起來，乃乃美整天抱怨別人，卻很討厭別人抱怨她。

「那你知道我們在哪裡嗎？你是不是不知道？」

「煩、煩死了！」

「我不是在煩你，我和香穗一路跟著你走到這裡，萬一真的迷路了，那就是你帶錯路啊。」

「煩死了、煩死了、煩死了！」

乃乃美氣急敗壞的跺著腳，就這樣跑進了樹林深處。因為她無法反駁桃子的話，所以逃走了。

乃乃美跑走以後，桃子轉頭看著手足無措的香穗。

「我們走吧，不要管她了。別擔心，我知道路，跟我走就好。」

「咦？但是……不管乃乃美，這、這樣好嗎？」

「是她自己跑掉的，等她冷靜之後就會追上我們。別擔心，我們快走吧，天色突然暗了下來，搞不好會下雨。」

「嗯，好。」

香穗點頭同意，讓桃子鬆了一口氣。

接下來該怎麼辦？先去找那幾個笨男生嗎？不，也許應該先回公園告訴老師男生和乃乃美都走失了。
正當桃子陷入煩惱時，一陣冷風吹來，突然下起了雨，而且雨還下得很大。
「慘了，下雨了！」
「要不要先找個地方躲雨？」
「不，我覺得還是先回公園告訴老師，請老師去找其他人比較好。」
如果繼續在這裡磨蹭，乃乃美可能會走回來，她們得在乃乃美回來之前離開。

桃子快步走了起來。

回程的路很不好走，被雨淋溼的地面很滑，桃子有好幾次都差點跌倒，衣服和身上全被雨淋溼了，感覺越來越冷。

「只要再忍耐一下就好，因為我有『回家蛙』，只要繼續走，一定可以回到出發的公園。」桃子心想。

不過她們走了很久都沒有看到健行步道，也沒有遇到任何人，當然更沒有看到公園。

「桃子，我們是不是一直在原地打轉？」

「沒、沒這回事，不用擔心。」

雨下得越來越大，根本無法繼續在雨中走路，於是桃子決定先去躲雨。

她們來到一棵大樹下，桃子不經意的確認了一下背包上的回家蛙。

今天好像無法順利發揮功能，不知道是怎麼回事？

她看了一眼吊飾，忍不住大驚失色——蘑菇中的綠色小青蛙不見了。

「不會吧！」

難道是剛才差點跌倒，讓綠色小青蛙掉在某個地方了嗎？

桃子急忙打量四周，但是並沒有找到像是小青蛙的東西。更何況現在雨下得很大，地面都溼透了，就算真的弄丟也不可能找回來。

一股絕望感籠罩著桃子。

因為青蛙離開了蘑菇的家，導致「回家蛙」壞了，所以回家的魔法才會失效。怎麼辦？沒想到竟然會在山上迷路，而且還是帶著香穗一起迷路。

山上的氣溫很低，她可以感覺到身體越來越冰冷。

桃子覺得這是報應，因為自己故意讓乃乃美迷路，還丟下她不管。自己明明比任何人都了解迷路的痛苦，竟然還這麼做。

「嗚、嗚嗚……」

桃子忍不住哭了起來。正在脫下身上溼淋淋衣服的香穗，聽到哭聲後，驚訝的走了過來。

「桃、桃子，你怎麼了？」

「對、對不起，我、我、我迷路了……」

「嗯，我有猜到。」

香穗若無其事的點了點頭。

「雨下得這麼大，會迷路也不奇怪。但是你不用擔心，老師一定會來找我我們……我爸爸告訴我，走失的時候最好站在原地不要動，所以我們就在這裡等。」

「嗯，好，但是……這樣的話……」

香穗笑著對渾身顫抖的桃子說：「別擔心。」

香穗說完，從自己的背包裡拿出很多東西。

「給你，先用這條毛巾擦乾身體，再裹上這條鋁箔毯，身體就會暖和起來。如果還覺得冷，我有準備暖暖包。另外，這種時候最適合吃甜食，我有巧克力，你要不要吃？」

香穗像變魔術一樣，接連拿出了需要的東西，桃子對此大吃一驚。

「你、你怎麼會有這些？」

「我想既然要來山上，就要做好充分的準備。如果什麼事都沒發生當然最好，萬一遇到什麼狀況，這些東西就可以派上用場。」

香穗笑著這麼回答。桃子驚訝得說不出話來，自己之前小看她了，原本以為她傻乎乎的，而且有點奇怪，沒想到她很有主見。

「對了，桃子，你一開始為什麼說自己知道路？是因為有指南針嗎？如果你的指南針不見了，我有帶，要不要借你用？」

「不是，我有……回家蛙吊飾，但是它壞了。」

桃子沮喪的讓香穗看壞掉的吊飾。

「這個吊飾原本會告訴我回去的路……對不起，剛才繞了很多路，因為我沒想到它壞了。」

「我沒問題，但不知道乃乃美和那幾個男生怎麼樣了。」

「香穗，你真善良。」

香穗真的很了不起，在這種時候還能關心別人。相較之下，自己太沒出息了。那家柑仔店應該挑選香穗這種人，把魔法道具給她才對。

桃子低下了頭。

這時，前方的樹木搖晃起來，是乃乃美跑了過來。

「不會吧？乃、乃乃美？」

「乃乃美！」

乃乃美冷得臉色發白，跑了過來。

「你、你們為什麼丟下我！」

看到乃乃美放聲大哭，桃子一句話都說不出來。

她成功教訓了乃乃美，平常總是盛氣凌人嘲笑別人的乃乃美，現在哭得連鼻涕都流了出來，桃子得到了自己希望的結果。

但是，她完全沒有痛快的感覺。看到乃乃美狼狽的樣子，她覺得很難過。

早知道就不要這樣做，因為想陷害別人，讓自己也遭到了報應。發自內心這麼想的桃子，看著泣不成聲的乃乃美說：

「乃乃美，對不起，不是香穗的錯，是我離開了那裡。對不起，把你一個人留在那裡，讓你感到害怕了。」

「嗚、嗚嗚嗚……」

乃乃美依然哭個不停，香穗溫柔的對她說：

「幸好你找到我們了。乃乃美，你果然很堅強。來，趕快蓋上毯子，再吃點巧克力，身體就會暖和起來。」

「嗯，好。」

「桃子，你用那條毛巾幫她擦一下頭髮。」

「好。」

桃子拿起毛巾時，內心很慶幸自己和香穗分在同一組。

之後，她們三個人緊緊抱在一起，靜靜的等待救援。

在寒冷中吃的巧克力好像滲進了體內，感覺特別好吃。香穗帶來的毯子也是，雖然很輕薄但卻十分溫暖。

幸虧有這些物品，讓桃子即使在山上迷了路，也沒有感到害怕。這或許也和香穗在一旁無憂無慮的哼歌有關，桃子很慶幸自己在這種狀況下並不害怕。

不過，乃乃美可能是受到被桃子和香穗丟下，差一點就走失的打擊，即使現在停止了哭泣，但她幾乎沒有開口說話，一直很安靜。眼看太陽就快下山，天色變得越來越暗的時候，乃乃美突然大叫了起來。

「你們看，雨變小了！」

乃乃美說得沒錯，雨勢變小了，雨滴也變小了。

剛才不發一語的乃乃美，突然精神百倍的站了起來。

「雨應該很快就會停，我們要不要去碰碰運氣，看能不能找到路？」

「有辦法找到路嗎？地上還很溼滑，是不是在這裡等比較好？」

「但是繼續在這裡等待，天馬上就要黑了。」

聽了乃乃美的話，桃子忍不住咬著嘴脣。回家蛙壞掉真是太可惜了，如果有回家蛙，就可以把她們一起帶回集合地點。

就在這時，香穗倒吸了一口氣。

「桃子，你看回家蛙！」

「咦？怎、怎麼了？」

桃子急忙看向自己的背包，然後驚訝得說不出話來。小青蛙回到「回家蛙」的蘑菇裡了，而且牠還露出一臉若無其事的表情，彷佛在說「我一直都在這裡啊」。

「不會吧……不是壞掉了嗎？啊！」

桃子突然想起來了。

她記得那家柑仔店的阿姨曾經說過，每當下雨的時候，回家蛙就靠不住，因為青蛙在雨天很容易玩性大發。也許她說的是下雨的時候，回家蛙裡的青蛙會溜出去玩。

原本渾身無力的桃子，現在又回過神站了起來。青蛙回來了，回家蛙的神奇能力應該也恢復了，既然這樣，現在該做的只有一件事——

「你們跟我來，我們要下山了。」

這次一定要帶她們下山。

桃子她們下山的時候，天色幾乎已經全黑。她們在山麓附近剛好遇到搜救隊的人，搜救隊把她們送去附近的醫院。除了老師以外，家人也在那裡等待，並且緊緊的抱住她們。

她們換上家人帶來的衣服，吃著熱騰騰的晚餐，然後把發生的狀況告訴大人。

她們為了找那三個先上山的男生，偏離了健行步道，結果卻迷了路。後來下起大雨，她們覺得很冷，三個人就依偎在一起取暖。等雨停了，她們才總算找到路順利下山。

她們對回家蛙的事隻字不提，因為覺得不說比較好。

那三個男生也平安無事，他們竟然沒有迷路，還比桃子她們更早下山，讓人聽了很生氣。但是因為他們擅自行動，導致桃子她們迷了路，所以也被大人和老師狠狠罵了一頓，這樣就算扯平了。

「真是太好了，很慶幸你們三個人都平安無事。」

大人們紛紛這麼說，桃子則一臉嚴肅的點了點頭。

「我們運氣很好，而且多虧有香穗。」

「啊？沒這回事，只是剛好而已啦，而且最後是桃子找到了路。」

香穗害羞的搖了搖頭。

桃子笑了笑，覺得自己可以和香穗成為好朋友。

日高桃子，九歲的女孩。昭和五十八年的一百元硬幣。

4 控制蛋糕卷

這天早上，「錢天堂」的老闆娘紅子，也轉動了抽獎用的八角形抽獎機。

抽獎機轉了一圈之後，掉出一顆像是彈珠的東西。銀色的鋁製球上刻著「一　平成十四年」這幾個字。

「今天的幸運寶物，是平成十四年的一元硬幣。」

紅子愉快的說完，把那顆鋁製球拿到店門口，然後把它塞進像

是鑰匙孔的洞裡。

「這樣就大功告成了，差不多該開店營業了。」

紅子正準備把店裡的布簾掛出去，健太卻叫住了她。健太從剛才就一直看著紅子。

「你為什麼用這種方式決定上門的客人？」

「你很在意這件事嗎？」

「因為……如果身上沒有你決定的硬幣，就無法來到這裡。而且每天的硬幣都不一樣，用這種方式決定硬幣感覺很隨便……我覺得好像很不公平。」

「這樣很好啊，」紅子笑著說，「如果有很多客人上門，反而會造成困擾，每天有一、兩個客人就夠了。而且，雖然你認為這種方式很不公平，但是這樣每個人都有機會來這家店，只不過運氣變化無常罷了。即使今天或明天運氣不好，但也許在某一天，幸運會突然從天而降。呵呵，這真是太有趣了。」

紅子呵呵笑了起來，但健太並沒有笑，反而小聲的說：「我不這麼覺得。」

「咦？你是不是說了什麼？」

「雖然你說『每個人都有機會』，但我不這麼覺得。因為運氣不好就遭到排斥，我覺得太過分了。這個世界上明明有人發自內心的祈禱，希望可以來『錢天堂』。」

「哎呀，聽你的口氣，好像知道有誰想來這裡。」

「沒有，不是這樣。」

健太立刻開口掩飾，然後把頭轉到一旁，帶有怨氣似的癟著嘴。

靜子用力吞著口水。她走進超市逛了一下，就看到了新商品「春天的戀愛滋味．櫻花巧克力威化餅」。

不行、不行、不行，之前已經下定決心再也不買零食了。一旦買回家，就會忍不住馬上吃掉。

但是……新商品看起來太好吃了。靜子很喜歡吃威化餅，也很好奇櫻花味的巧克力到底是什麼味道。哎呀，好討厭，新商品竟然是限定商品，所以不知道什麼時候就會從貨架上消失……要不要先買了再說？等自己瘦下五公斤的時候，可以用來犒賞自己。

當她回過神時，發現自己已經拿了一盒新商品放進購物車。

「啊啊……」靜子忍不住嘆氣。

每次都這樣，靜子一看到甜食就完全無法抗拒，會情不自禁的買回家。買了當然不可能不吃，「櫻花巧克力威化餅」應該也會在今天進入靜子的肚子，所以她的體重總是有增無減。

「喔喔！好厲害，又多了一個米其林輪胎！」

丈夫一彥會抓著她肚子上的肥肉這麼說，讀中學一年級的女兒梢衣也會一臉認真的說：「我絕對不要變成媽媽這樣。」

靜子很不甘心，她很想成功瘦身，讓他們父女倆對自己刮目相看，至少希望自己可以少吃一點零食。

「我以後再也不買零食了！我不會再吃甜食了！」靜子不知道宣布了多少次，但每次都以失敗告終。

為什麼自己沒辦法忍耐呢？如果可以控制食慾，不知道該有多好。

靜子深深的嘆了一口氣，但還是買了「櫻花巧克力威化餅」，然後踏上回家的路。只不過不知道為什麼，走著走著，她居然偏離了平時回家的路，走進一條陌生的小巷。

「糟糕，傷腦筋，我走錯路了。」

靜子正準備要尋找出口，卻看到眼前有一家柑仔店。柑仔店掛著一塊看起來很舊卻很氣派的招牌，上面寫著「錢天堂」三個字。

「哇，這裡竟然有柑仔店，太令人懷念了。」

她想起小時候經常興奮的跑去柑仔店。

回想起當時的心情，靜子不由得加快腳步走向那家店。抵達柑仔店後她大吃一驚，因為店面陳列的所有零食和玩具，都充滿了強烈的個性和魅力。

這裡有「完美肉桂」和「想要地瓜乾」，那裡有「萬人迷麻糬」和「美食王魷魚乾」，旁邊還有寫著「心動餅乾」的盒子疊在一起，上面掛著看起來像中年女人的面具，裝在瓶子裡的「貓眼糖」和「寶石硬糖」都在閃閃發亮。

「現在的零食太誘人了。」

靜子很想看看還有什麼零食，情不自禁的走進了店裡。

一個年紀看起來像小學二年級左右的男生，穿著藍色和服短外衣，坐在店內後方的櫃臺，似乎在想什麼事情。他一看到靜子，立刻站起來鞠躬行禮。

「歡迎光臨！歡迎來到『錢天堂』。」

「哎喲，小弟弟，你太厲害了，幫忙家裡做生意嗎？」

「嗯，算是吧。」

「但是今天不是非假日嗎？不用上學嗎？」

「今、今天是紀念日。」

「這樣啊？」

「請問你有什麼心願嗎？任何心願都可以！『錢天堂』可以實現客人所有的心願，這裡一定有你需要的零食！」

「哎呀，你真可愛。」靜子笑了起來。這個男孩的口氣真大，居然說可以實現客人所有的心願。

「嗯，這裡的每一樣零食都很棒，但我不想再敗給自己的食慾了。」

「既然這樣，要不要可以控制食慾的零食？」

這時，突然響起一個女人嫵媚的聲音。

靜子回頭一看，自己身後不知道什麼時候站了一個高大的女人，靜子必須仰頭才能看到她，而且她的身材很豐腴，但並不能說是胖，而是覺得她的體格很福態。

女人身上穿了一件古錢幣圖案的紫紅色和服，一頭雪白的頭髮挽在頭頂，上面插著五顏六色的髮簪，看起來很漂亮。

靜子被她的氣勢震懾，勉強擠出了笑容。

「別開玩笑了，怎麼可能會有這種零食？」

「當然有啊，『錢天堂』有賣這種零食。」

女人慢條斯理的點了點頭，對那個男孩說：

「健太，你把櫃臺後方架子上，第三格右側角落的黃色盒子拿下

來。」

「好，沒問題！呃，是這個嗎？」

「對，你給這位客人看一下。」

「好，您請看！」

靜子仔細打量著男孩遞給她的盒子。

扁平的盒子差不多是靜子兩隻手的大小，黃色的包裝紙上畫了一個軍人敬禮的圖，然後用鮮豔的綠色文字寫著「控制蛋糕卷」。

「控、控制蛋糕卷？」

「對，就是『控制蛋糕卷』，這個商品不是完全符合你的需求嗎？」

豈止是完全符合自己的需求，靜子興奮得像牛一樣喘著粗氣。即使花光身上所有的錢，自己也要買下這個蛋糕卷，無論如何都非買不可。

「我要買！請問多少錢？」

「一元。」

「一、一元？好便宜！」

「但是必須用平成十四年的一元硬幣支付，其他的一元都不行。」

「好、好，我現在來找，等我一下。」

靜子急忙在錢包裡找了起來。找到了。唯一的一個一元硬幣，剛好是平成十四年的。

「我有！你看，這個應該沒錯吧？」

「對，這的確是今天的寶物，那『控制蛋糕卷』是你的了。健太，請把商品交給客人。」

「好，請收下。」

「謝謝。」

靜子激動的接過「控制蛋糕卷」，這是她第一次這麼激動的買

零食，甚至比買到一天限量五十個的草莓大福還要興奮好幾倍。

總之，她一心只想著「控制蛋糕卷」，完全無法顧及其他的事。但是，當她搖搖晃晃的走出柑仔店時，店裡的男孩追了出來，拉住她的手。

「阿姨，不好意思！」

「咦？哎喲，不好意思，我心不在焉的。怎麼了嗎？」

「請你仔細看說明書，絕對要看清楚，然後按照說明書上的指示食用，因為這種蛋糕卷可能會有副作用。」

「副作用？」

「這裡的零食都這樣，我在店裡幫忙了一段時間，所以很清楚這一點。如果不按照說明書上的指示食用，可能會造成嚴重的後果。總之，請你仔細看清楚，小心食用！」

男孩說完便走回店裡。

「蛋糕卷的副作用？會有什麼副作用？他年紀這麼小，竟然知道副作用這種詞彙。」

靜子雖然覺得有點可怕，但還是離開了柑仔店。她走出小巷，回到了家裡。

她先把買回來的食物放進冰箱和櫃子，然後拿出「控制蛋糕

卷」。雖然她很想馬上就打開盒子，但有點擔心男孩說的副作用，所以決定先看說明書。

盒子的背面寫了以下的內容：

想要遵守健康飲食生活的人，「控制蛋糕卷」是最適合的武器。要打擊的目標就是自己的食慾，正確使用，打敗敵人！祝你成功！

「說明書的內容寫得好像軍人精神喊話，但這不像是說明文，更像是廣告？」

靜子又仔細檢查了一下，想了解是不是還有其他地方寫了其他的內容。果然找到了。她拆開包裝紙時，發現紙張背面用很小的字寫了注意事項，好像是故意不想被人看到似的。

「找到了！我看看喔，這是寫什麼？注意事項——『控制蛋糕卷』只能控制自己的食慾，如果想支配別人的食慾，可能會造成嚴重後果，敬請小心。哇，太可怕了！這就是副作用嗎？」

靜子決定要記住這句話，絕對不能忘記。

她終於打開了「控制蛋糕卷」的盒子。

盒子裡有一條蛋糕卷，黃色的蛋糕看起來使用了很多雞蛋，包著發亮的白色鮮奶油。一看到蛋糕卷，她的口水就忍不住流了下來。

「啊，忍不住了。雖然買菜之前已經吃了點心，但這個蛋糕卷不一樣，那是為我量身訂做的零食，有另一個胃可以裝。」

靜子為自己找了很多理由，把叉子叉進控制蛋糕卷。

她張開嘴巴吃了一口。

「哇！太好吃了！」

靜子吃過各種蛋糕卷，但從來沒有像今天的這麼好吃。蛋糕的口感很滋潤，有滿滿的奶油香氣。鮮奶油又甜又濃郁，但絲毫不膩口，和蛋糕的搭配相得益彰。

這樣的蛋糕卷吃再多都不會膩。還想再吃五塊，太好吃了！

靜子把蛋糕卷吃得一乾二淨，沉浸在幸福之中。

但是，她隨即又像平時一樣感到後悔。明明已經決定不再吃甜食了，但自己太貪吃，又被食慾打敗了。

「我的意志太薄弱了。」

帶著自我厭惡的情緒，靜子走去廚房洗叉子。

那天晚餐，靜子吃得比平時少，因為下午吃了點心，至少要少吃一點晚餐平衡一下，這樣應該就不會繼續發胖。

沒想到吃完晚餐後，丈夫一彥竟然說了意想不到的話。

「今天我帶了禮物回來，是客戶送我的。」

說完，他拿了一個禮盒，裡面是很高級、看起來很好吃的巧克力。

女兒梢衣雙眼發亮的說：

「哇，真好，這是超有名的樂天蘭巧克力！太棒了，我一直想吃吃看！」

「那真是太好了。靜子，來，你也一起吃，你不是最喜歡吃巧克力嗎？」

「啊啊啊……」靜子在心裡發出慘叫，「我最愛巧克力了，超級愛！就是這樣才很傷腦筋啊，為什麼偏偏是今天帶這麼好吃的巧克力回家？這是難得有機會吃到的高級巧克力，吃一顆應該沒關係吧？」

靜子無法抵擋誘惑，準備伸手拿巧克力吃。一彥和梢衣見狀，忍不住笑了起來。靜子覺得他們的笑容簡直就像惡魔。

「他們又在笑我了。不行，我不能吃！」靜子心想。

就在這時，神奇的事發生了。靜子心中「想吃」的想法消失不見了。

「咦？」

靜子大吃一驚，注視著巧克力。

這些巧克力裝飾得很可愛，每一顆都是夢幻逸品，對喜歡甜食的人來說，簡直就像寶石一樣充滿吸引力。

但是自己為什麼不想吃呢？簡直就像看到路旁的小石頭一樣，完全沒有任何感覺，也完全不想吃。

靜子感到很掃興，收回了原本想要拿巧克力的手。

「我不吃了。」

「又來了，你不需要勉強克制。」

「不，今天真的不吃了，我已經決定暫時不吃甜食了。」

「又來了，媽媽的戒甜食宣言！這是第幾次了？」

「至少有一百次了，不知道這次的決心可以持續多久。」

丈夫和女兒都笑了起來，但靜子挺起胸膛說：

「這次絕對沒有問題。」

但是靜子內心也覺得很驚訝。

「我竟然可以抵擋巧克力的誘惑，簡直難以置信！這絕對不是我的意志力發揮了作用，應該是剛才吃的『控制蛋糕卷』發威了。這是唯一的解釋。」

靜子還想繼續測試，於是拿出了下午買的「春天的戀愛滋味・櫻花巧克力威化餅」。

「看起來好好吃，光是『櫻花巧克力』這幾個字就足以讓人心動。剛才放棄了高級巧克力，乾脆改吃這個？」

她的內心像往常一樣呢喃著，但在身體採取行動之前，靜子告訴自己——不可以吃。

當她閃過這個念頭時，立刻發生了和剛才相同的狀況。她想要吃威化餅的想法完全消失了，甚至覺得怎麼可以吃這種東西。她急忙把威化餅放進零食櫃裡。

這下子靜子終於知道，自己具備了可以抵擋零食誘惑的能力，這絕對是吃了「控制蛋糕卷」的功勞。

這真是太棒了。靜子高興得幾乎快跳了起來。

「好，我要好好運用這個能力，讓自己瘦下來！」

那天之後，靜子果然不再吃甜食。出門買菜時也很安全，即使看到好吃的零食和蛋糕，只要在心裡默唸「不可以吃」，食慾馬上就消失了。

靜子一天一天的瘦了下來，當她又可以穿下十年前的裙子時，丈夫一彥簡直目瞪口呆。

不過，接下來發生了意想不到的事。女兒梢衣看到靜子一天比一天苗條，似乎受到了刺激，揚言「我不想輸給媽媽」，也開始減

肥。而且她的減肥方式竟然是不吃飯，靜子忍不住為她擔心。

「你還在發育，不合理的減肥方式會影響身體健康。」

靜子說了好幾次，但梢衣完全不理會。

梢衣的氣色越來越差，因為她只攝取少許的蔬菜和水，氣色當然會變差。即使靜子做了她喜歡的菜，她也心浮氣躁的說：

「你不要用這種方式搞破壞，不要管我啦！」

靜子越來越擔心。

「那孩子完全搞不清楚狀況，用這種方式減肥絕對會出問題，萬一變成厭食症怎麼辦？早知道會這樣，是不是該讓她吃『控制蛋糕卷』呢？」

這時靜子靈機一動，想到或許可以善用「控制蛋糕卷」的力量。

「對嘛，控制食慾應該不光是減少食慾而已，搞不好也有助於促進食慾。」

這時，她想起了控制蛋糕卷的注意事項，上頭寫著「如果想要支配別人的食慾，可能會造成嚴重後果」。

「怎麼辦？」靜子陷入了煩惱。她想起柑仔店裡那個男孩的臉，當男孩告訴她有關副作用的問題時，臉上的表情很嚴肅，那就表示副作用真的很嚴重。

光是想像會有什麼嚴重後果，靜子就感到很害怕。到底會有什麼後果？只要能讓梢衣恢復原來的樣子，她都願意試一試。但是如果沒有任何效果，只會造成副作用怎麼辦？那就真的是偷雞不著蝕把米了。唉，真不知道該怎麼辦才好。

靜子舉棋不定，開始動手準備做晚餐。

這天，她準備了許多梢衣愛吃的炸雞塊，在把菜餚端上桌後，她才叫大家「吃飯了！」

梢衣悶不吭聲，一臉不悅的坐在餐桌旁。她的皮膚蒼白又乾燥，看起來像是身體出了問題。

靜子擔心的看著梢衣，但梢衣卻瞪著她說：

「我不是說過好幾次，我不要吃飯，只要蔬菜棒就好了嗎？」

「你不要再胡鬧了，再這樣下去會生病的。」

「你很煩耶，我正在努力減肥，你不要妨礙我。」

「這樣下去不行，不管再怎麼勸她，她都無法接受。」靜子想。

靜子終於下定了決心。

雖然不知道會有什麼後果，但她決定試試看，至少比袖手旁觀好多了。

靜子看著梢衣，在內心祈禱。

「控制蛋糕卷，拜託請救救我的女兒，請救救梢衣。希望她能夠健康的好好吃三餐，恢復正常的食慾！」

靜子注視著梢衣，持續祈禱著。

這時，她發現梢衣原本固執的眼神突然柔和下來，她用力眨了幾次眼睛，然後看著桌上的炸雞塊。

「我還是吃幾口好了。」

太好了。靜子忍不住在內心歡呼起來。

「是啊、是啊，要不要吃飯？也吃一點吧？」

「嗯……」

靜子看到梢衣大快朵頤的樣子，暗自鬆了一口氣。看起來好像沒有發生什麼副作用。啊，太好了，這麼做果然是對的。

靜子一放心，就覺得肚子餓了起來。她拿起自己的筷子，說完「我開動了」，就開始吃起晚餐。

兩個星期後的某一天，梢衣的臉蛋恢復了圓潤，她一臉嚴肅的看著靜子說：

「媽媽，你最近是不是胖了很多？」

「咦？有嗎？」

靜子大吃一驚。

「對啊，你的手上都是肉，臉也變得圓滾滾了。你之前不是才成功瘦下來嗎？但是最近吃飯都吃好幾碗，你怎麼了？就算是復胖，也未免胖得太離譜了。」

「這也是無可奈何的事，這是媽媽的選擇。」

「什麼意思？」

「我告訴你一件事，你可以不要生氣，聽我說嗎？」

靜子把獲得控制蛋糕卷的事告訴梢衣。自己靠控制蛋糕卷的力量成功戒掉甜食，後來因為擔心梢衣，在她身上使用控制食慾的力量，結果就變成看到什麼食物都覺得異常好吃，完全無法克制，每次都越吃越多。

沒錯，的確發生了嚴重的副作用。靜子現在非但無法控制自己的食慾，而且食慾更是完全失控。

即使這樣，靜子也不後悔，因為女兒梢衣恢復了健康，她感到很滿意。

但是梢衣卻無法接受。聽完媽媽的話之後，她生氣的瞪大了眼睛。

「原來是這樣。好過分！媽媽竟然用這種輕鬆的方法瘦下來，而且還阻止我減肥！真是難以置信，太可惡了！」

「對不起……」

梢衣生氣了一下，最後露出嚴肅的表情說：

「我之前就覺得很奇怪，你竟然可以不吃甜食，這絕對有問題。既然有這麼神奇的柑仔店，我也想去看看。」

「對、對啊，我也要再去買『控制蛋糕卷』。」

「那我們明天就去買，你帶我去。」

「這……其實我不太記得那家柑仔店在哪裡。」

「真的嗎？不過沒關係，我們一起找，一定可以找到。」

隔天開始，靜子和梢衣一起騎著腳踏車在所有小巷內尋找柑仔店。雖然她們每天都持續的找，但始終沒有找到「錢天堂」。

不過，她們這麼做也發生了好事。

因為她們母女每天都騎腳踏車，鍛鍊了肌肉，兩人都健康的瘦了下來。

大泉靜子，四十三歲的女人。平成十四年的一元硬幣。

5 探險茶

健太來到「錢天堂」已經一個半月了。

但是他至今仍然不想要店裡的任何東西，每天從早到晚都笑容滿面的面對紅子，要求「請讓我幫忙」，最近還要求好幾次「下次請讓我顧店」。

他每天看到那麼多富有吸引力的零食，竟然完全不動心，想必他的內心深處有個強烈的願望，而且這個強烈的願望戰勝了一切事

物。

不過其實健太曾經對一種零食產生了強烈的興趣，那就是「珠寶果凍」。

珠寶果凍是一款在圓形的瓶子中裝了五彩繽紛果凍的商品，看起來就像是寶石一樣。只要吃了這種果凍，就可以提升藝術品味，尤其可以在珠寶設計方面發揮專長。

健太在打掃貨架時看到了珠寶果凍，他把商品拿在手上打量了很久。他的臉色蒼白，嘴唇也在發抖。

正在監視他的墨丸見狀也大吃一驚。雖然健太的感覺不像是

「我想要這個！」但他到底怎麼了？為什麼會有這麼大的反應？

健太慢吞吞的想把瓶子放回貨架，沒想到放到一半時，瓶子從他手中滑落，掉在地上打破了。紅色、綠色、藍色、紫色和銀色的果凍，像寶石一樣和玻璃碎片一起散落在地上。

紅子聽到聲音後跑了過來，健太告訴紅子自己不小心打破了商品，頻頻向她道歉，但紅子只對他說：「誰都會有不小心的時候，下次小心點。」並沒有責罵他。

但是墨丸知道，健太是故意打破珠寶果凍的。

經過這件事之後，墨丸比之前更加提高警覺。

健太到底想做什麼？從他故意打破珠寶果凍來看，是來破壞「錢天堂」的嗎？他一再要求讓自己顧店，難道是打算利用這個機會，把店裡的商品帶走嗎？而且他之前好像還對準備離開的客人說了什麼建議。

墨丸始終無法了解健太的目的，忍不住有點心煩。

這天早晨，紅子對總是精神飽滿的健太說：「今天柑仔店休息一天，因為今天是盤點庫存商品的日子，同時也要盤點一下倉庫。」

「好，我來幫忙！」

「那店裡就麻煩你了。」

紅子交給健太一份很長的清單，還有一個大紙箱，清單上寫了各種零食的名稱。

「『嘮叨莓』、『吵鬧枇杷』，還有『深夜最中餅』？」

「這些都是過期的零食，你去店裡把這些商品拿下來，然後放在這個紙箱裡，整理完再搬去地下室的焚化爐旁。」

「我知道了。」

健太立刻走到店裡，開始對照清單尋找零食。錢天堂內到處都是零食和玩具，他陷入了苦戰，得不時把頭探進箱子和箱子的縫隙，或是仔細檢查貨架底部。

墨丸一直盯著健太。雖然他看起來不像會偷商品，但還是小心一點比較好。

健太花了超過兩小時的時間，終於找到所有過期零食。

他抱著裝滿過期零食的紙箱走去地下室。

「我記得焚化爐在工房旁邊……啊，是不是這個？」

跟在健太身後的墨丸，看到他伸手去抓一道鐵門的把手，忍不住驚慌失措。

「不是那裡！」

墨丸跑過去時，健太正費力的打開沉重的鐵門。

「呃，嗚嗯嗯嗯！」

健太把門打開了三十公分左右，一股冷氣從裡頭竄了出來。

「嗚哇！這、這是怎麼回事？」

健太大叫出聲。墨丸很想罵他，但是迎面吹來的冷氣，讓牠急忙躲了起來。

這不能怪墨丸，因為健太打開了冷凍庫的門。

冷凍庫的空間很大，地上和牆上都結了雪白的霜，天花板上還懸著冰柱。這裡保存了大量的水果，有蘋果、桃子、葡萄、香蕉和鳳梨，還有寫著「滑溜溜水果冰」、「鬧鬼冰淇淋」等冰品的箱子也

滑溜溜水果冰
鬼冰淇淋

放在貨架上。

除此之外，冷凍庫裡還冰了一樣重要的東西——必須趕快把冰箱門關上，如果不趕快關上，「那樣東西」就會融化！

健太茫然的看著冷凍庫，墨丸深吸一口氣，打算衝過去。

就在這時——

「健太！」

突如其來的叫聲，讓健太嚇得跳了起來，墨丸也一樣嚇到了。

回頭一看，原來是紅子站在那裡。她的手上也抱著大箱子，看著健太的眼神感覺有點嚴厲。

「那裡是冷凍庫，趕快把門關起來。一直開著門，裡面的冰會融化。」

「啊，對、對不起。」

健太急忙把門關上。

「對不起，我、我以為這裡是焚化爐。」

「焚化爐在這裡，你來得剛好，和我一起去吧。」

「好。」

健太拿起自己的紙箱跑向紅子。

墨丸鬆了一口氣。真是千鈞一髮，幸好主人及時趕到。

冷凍庫的門只不過稍微開了一下，墨丸的鬍子就結了冰，渾身沾黏著冰碎屑又冷又重，感覺很不舒服。

墨丸忍不住開始替自己理毛，而且紅子現在和健太在一起，應該不會有什麼問題，墨丸是這麼想的。

健太提心吊膽的在紅子身旁走著，他很擔心剛才自己擅自打開冷凍庫的門，會讓紅子不高興。

但是紅子沒有說什麼，健太稍微鬆了一口氣，戰戰兢兢的問：

「那個冷凍庫好大，裡面有很多水果。」

「對，那些水果要做成果醬和果汁，所以先放在冷凍庫保存，在需要的時候就可以取用需要的分量。」

「裡面也有很多冰品。紅子老闆娘……」

「什麼事？」

「我覺得裡面好像有一個女生，穿著黑色和服，剪著妹妹頭，渾身都結了冰……不，沒事。」

健太說到一半便沒有再說下去。

「不不不，不可能有這種事。即使真的有，應該也是女生形狀的零食吧。這家店很神奇，即使有像女生形狀的特大號冰淇淋或巧克力也不足為奇。」紅子想像得到健太正在內心這麼告訴自己。

「健太，你沒有看錯，那不是冰淇淋或是巧克力。」紅子在心裡這麼嘀咕著，繼續走向焚化爐。

他們來到巨大的焚化爐前，焚化爐的門打開了，裡面已經有好幾個紙箱，都是紅子剛才搬來的，而且每個紙箱內都裝滿了零食。

健太見狀，皺起了眉頭。

「把這麼多零食燒掉太浪費了。」

「別擔心，這是特製的焚化爐，在這裡銷毀的東西會變成富有養分的灰燼，把它們撒在農田和果園裡，農作物會長得很好，再度成為我們製作零食的原料，我們這裡是不會浪費任何東西的。啊，你把紙箱也放進來。」

「好。」

健太聽從紅子的指示，把紙箱放進焚化爐。這時，他不經意的看向旁邊的紙箱，看到裡面的東西時，突然大叫起來。

「紅子老闆娘，這個寶特瓶裝的茶也要銷毀嗎？賞味期限還有一年啊。」

「沒關係，這個也要銷毀，把它放在那裡就好。」

紅子說完，便按著焚化爐的按鈕，設定時間和溫度。

但是當紅子背對健太時，健太立刻採取了行動。他俐落的伸出手，把紙箱內的寶特瓶放進自己懷裡。紅子完全沒有察覺到異狀，設定完焚化爐後，便關上了焚化爐的門。

「這樣就完成了。健太，你辛苦了，接下來的事就交給我，你今天可以好好放鬆一下。」

「咦？沒有其他事需要幫忙嗎？」

「目前暫時沒有。今天的天氣很不錯，你要不要出去散步？」

「我……不想出門。」

「你該不會是擔心無法回到這裡吧？」

紅子笑著對他說：

「你不必擔心，幸運的寶物還在你身上，就是昭和四十三年的五元硬幣，你應該還記得吧？」

健太倒吸了一口氣，摸了摸短外套的口袋。紅子對他點點頭說：

「這是把你帶來『錢天堂』的寶物，只要這個五元硬幣還在你身上，你就可以回來錢天堂。所以你放心出門吧，今天的天氣很好，你要不要去附近的公園散步？」

「好……」

雖然健太看起來沒有什麼興趣，但他可能是不想違抗紅子，所以順從的點了點頭。

健太離去後，紅子仍然留在原地處理雜事。

「喵。」墨丸走過來時叫了一聲。

「咦？墨丸，你還在這裡嗎？我以為你和健太一起出門了。」

「喵嗚？」

「對，健太出門散步了。你不是一直跟著他嗎？」

「喵、喵嗚。」

「哎喲，你剛才身上都是冰碎屑，所以在理毛嗎？這樣啊……你也一直很辛苦，在健太回來之前就先放鬆一下吧。沒關係，只是稍微沒有盯著他，不會出什麼事的。」

紅子突然露出嚴肅的表情說：

「不過，我完全忘了澱澱在冷凍庫這件事。把她放在地下工房，冰融化時招財貓會害怕，所以我就把她搬去冷凍庫了……幸好健太只是瞥了一眼，應該不會有問題，就讓澱澱繼續留在那裡吧。」

紅子說完，又對墨丸說：

「我們去吃點心。」

健太難得走出錢天堂。

其實他到現在仍然很緊張，覺得藏在懷裡的那個寶特瓶格外沉重。

「明明還沒過期卻要銷毀，未免太浪費了。與其這樣，那還不如給我，反正原本就是要銷毀的東西，應該沒問題。」

健太剛才就是這麼想，所以才趁紅子不注意時，把寶特瓶藏進自己懷裡。

如果紅子發現自己做的事，追出來找他怎麼辦？而且紅子嘴上說沒問題，但自己真的回得去「錢天堂」嗎？更何況自己還偷了那瓶茶……

健太擔心的頻頻回頭張望，然後緊緊握著自己的幸運寶物——昭和四十三年的五元硬幣。

他走出小巷，明亮的陽光照了過來。當陽光照在身上時，健太立刻放鬆了下來，覺得應該沒問題。

他環顧四周，發現紅子說得沒錯，馬路對面就有一個公園。

健太走到公園坐在長椅上，然後拿出寶特瓶打量起來。

寶特瓶上用紅色的大字寫著「探險茶」，上面畫滿了叢林、金幣、寶石、船和翅膀，而且還可以隱約看到瓶中的液體，飲料的顏色不像是茶，更像是咖啡。

「這瓶茶到底有什麼問題？」

健太仔細打量那瓶茶，卻仍然搞不懂為什麼要銷毀它。商品的賞味期限還很長，寶特瓶也沒有任何破損。

健太繼續打量寶特瓶，想了解它到底有什麼效果。

「我來看看——『探險茶』最適合想要挑戰驚心動魄探險的人，只要喝了『探險茶』，就可以立刻進入充滿夢想的奇幻世界，但是探險完全不驚悚，所以請不要對這部分抱持任何期待——說明書不可能就這樣結束，注意事項寫在哪裡？咦？啊，在這裡！但是要回到現實世界時，也必須喝『探險茶』，所以一開始只能喝半瓶，另外半瓶要留在奇幻世界裡喝，千萬不能一下子就喝光……喔，所以是驚心動魄的探險嗎？」

健太原本想自己喝喝看，但最後決定作罷。雖然他對奇幻世界很有興趣，但喝了之後可能會無法回到「錢天堂」，絕對要避免發生這件事。

要怎麼處理這瓶茶呢？把它藏在某個地方嗎？

正當他在思考該怎麼做時，突然聽到有人問他：

「這瓶果汁是在哪裡買的？」

健太抬頭一看，有個六歲左右的男孩站在他面前，一看就知道他很調皮。男孩用好奇的眼神注視著探險茶。

「你叫什麼名字？」

「我叫遼平，就讀田端幼兒園的小鳥班。你這瓶果汁是在哪裡買的？我也想買！」

「這不是果汁，是茶……」

回答到這裡，健太突然想到一個好主意。

「你該不會喜歡探險吧？」

「很喜歡啊，我超想去探險的！」

健太把探險茶遞到雙眼發亮的遼平面前。

「那這瓶茶給你。這瓶茶有魔力，可以讓你去探險。」

「真的嗎？」

遼平臉上的表情亮了起來。

「好無聊喔。」遼平愁眉苦臉的喃喃自語。

遼平今年六歲，最近很熱衷玩探險家的遊戲。他會假裝是探險家，跑去樹林或岔路四處探險。

今天遼平也獨自來到公園探險，他的背包裡裝了食物和水壺，還準備了手電筒和繩子以防發生意外。但令人傷腦筋的是，公園裡完全沒有發生任何跟探險有關的事，因為公園內很安靜優閒，簡直太平凡了。

「真無聊。」遼平踢了踢腳下的雜草。

繪本故事中經常出現寶物、龍或是妖怪，為什麼現實世界裡沒有這些東西呢？如果真的有這些東西，應該會超級有趣的。自己可以坐上海盜船，也可以幫忙神明做事，或是去參加狐狸的廟會。

「真是無聊死了。」

遼平又嘀咕了一句，然後準備回家。

就在這時，他看到一個男孩坐在長椅上。那個男孩比遼平稍微年長一點，穿了一件有點奇怪的藍色衣服，一直看著手上那一小瓶寶特瓶飲料。

遼平倒吸了一口氣，他的雙眼緊盯著男孩手上的寶特瓶。

遼平一看就知道，那瓶飲料很棒，他很想要，不知道是在哪裡買的？

遼平鼓起勇氣問了男孩，男孩卻問他一個很奇怪的問題。

「你該不會喜歡探險吧？」

他怎麼會知道？遼平很驚訝，但立刻回答：

「很喜歡啊，我超想去探險的！」

「那這瓶茶給你。這瓶茶有魔力，可以讓你去探險。」

「真的嗎？」

「真的。只要喝了這個，就可以進入魔法的世界，但是一開始只能喝半瓶，因為另外半瓶要留到想回這個世界時才喝。如果你能遵守規定，這瓶茶就送你。」

遼平很想要這瓶魔法茶，所以他大聲的回答：

「我會遵守規定只喝半瓶，另外半瓶等要回來的時候再喝！你把它送我吧！」

「好。」

遼平接過寶特瓶，一打開蓋子就立刻喝了起來。

飲料的確有茶的味道，喝起來很香，但也有點苦。只不過遼平無法停止不喝，他越喝越起勁。

當他咕嚕咕嚕喝不停時，男孩突然制止了他。

「停！不可以再喝了！」

「啊，對不起。」

遼平急忙停止繼續喝，然後蓋上瓶蓋。真危險，差點全都喝完了。

「這是……什麼茶？不是麥茶吧？」

「這是名叫『探險茶』的茶。」

「什麼啊，名字好奇怪。」

遼平笑了出來。

「原來叫探險茶啊，真是個好名字，讓人一聽就喜歡。」

正當遼平想問男孩探險茶是在哪裡買的，結果卻聽到像是野獸發出的吼叫聲。

「吼～」

「咦？」

「怎麼回事？」

遼平和男孩互看一眼，然後同時往腳邊看。

遼平的影子冒出黑煙，黑煙很快就變成好幾隻黑色的手，同時抓住了遼平和那個男孩。

「啊！」

遼平在發出慘叫的同時，和男孩一起被拉進影子之中。

當遼平回過神時，發現自己在沙漠中，那個比他年長一點的男孩不見了，眼前只有一座黑色金字塔。

「不會吧，這裡是哪裡啊？喂、喂！」

即使他大聲叫喊也沒有人回答。這裡真的是魔法的世界嗎？感覺不像想像中的那麼好玩。

「還是回去吧。」遼平看著手上的寶特瓶，瓶子裡還有半瓶茶，只要喝下這半瓶茶，應該就可以回到原來的世界。

這時，一陣強風吹來，吹起的沙子打在遼平的身上。

「好痛！好痛、好痛！」

遼平痛得快哭出來了，他急忙跑向金字塔，想去一個不會吹到風的地方，這裡風這麼大，根本沒辦法喝茶。

當他走近金字塔時，發現金字塔上有一道縫隙，剛好可以讓遼平這樣身形嬌小的孩子擠進去，於是遼平毫不猶豫的鑽了進去，來到金字塔內。

金字塔內光線明亮，有一條很長的走廊。正當遼平打算再稍微探險一下時，牆壁像水波一樣抖動起來，然後出現了一個很大的妖怪。妖怪看起來像是長了黑色和金色鬃毛的獅子，但臉卻是一個漂亮的女人，有一條像眼鏡蛇一樣的尾巴。

妖怪瞪著遼平，然後用可怕的聲音大叫：

「盜墓者！所有想偷竊法老王財寶的人，都會死在我斯芬克斯的

手上！」

「啊！不、不是啦，我才不是盜墓者！」

但是斯芬克斯持續逼近，遼平只能死命的逃，他邊逃邊發自內心的想：「我為什麼會遇到這種事！」

「這才不是探險。我想要的探險是和龍、精靈還有神明當朋友，在天空中飛翔或是去尋寶。被妖怪追著跑，根本只有驚悚而已。」

遼平想要回到現實世界、想要回家，但是剛才他被斯芬克斯嚇到時，把探險茶的瓶子弄丟了。

「救命啊！」

遼平哭著大喊，卻沒有人來救他。

背後可以感覺到斯芬克斯的呼吸，遼平閉上眼睛，覺得自己死定了。

市丸遼平，六歲的男孩，喝了原本要被銷毀的「探險茶」。

6 時光倒轉米香酥

「接下來為您播報新聞。

六歲的孩童市丸遼平在今天下午失蹤。有人在離其住家數百公尺的月見公園看見他最後出現的身影，根據目擊者指出，當時除了遼平以外，還有另一個身穿和服短外衣的男孩，他們兩個人都是突然消失。雖然有人說好像有股黑煙包圍了他們，但目前並未獲得證實。

目前警方正在全力搜索這兩名男孩，如果民眾有任何消息，請撥打以下這支電話……」

錢天堂的老闆娘紅子關上電視，她的臉上難得露出了愁容。

「黑煙……穿著和服短外衣的男孩……健太到現在還沒回來，這起事件一定是本店的零食造成的，我猜健太應該是偷偷把『探險茶』帶了出去。」

紅子嘆了一口氣，覺得這也是無可奈何的事。

黑貓墨丸在一旁垂頭喪氣。

「哎呀，墨丸，這不是你的錯，是我的疏失。如果我有好好告訴他那瓶茶被溷溷帶來的惡意精華汙染，就不會發生這種事了……那瓶茶一定也變成了『黑暗探險茶』，我必須趕快採取行動。」

紅子站了起來。

這時，健太被關在一個小型牢籠內。

他和那個小男孩一起被拉進影子裡，當他回過神時，發現自己獨自站在一座巨大蘑菇森林中，那些蘑菇就像是高樓般聳立著。接著，他突然被一群黑色的大蝴蝶攻擊，就這樣被帶到地下室，最後被關進這個牢籠裡。

操控那群黑蝴蝶的巫婆對他說，等一下他就要被丟進正在熬煮的毒菇湯裡，獻給大巫婆享用。奇怪的是，這個巫婆長得和自己的媽媽一模一樣。

就連說話方式也很像。

「真是對不起，但是只要把你獻給大巫婆，大巫婆就會賜給我神力，這麼一來，我就可以得到幸福了，所以你就認命吧。」

「對不起，我無論如何都要找到那家柑仔店，如果不找到那家柑仔店，我就無法得到幸福。我必須要重新選擇才行。健太，只要我能夠重新選擇就會來接你。你要聽話，和外婆一起等我回來。」

健太想起媽媽的話，忍不住緊咬著嘴巴。

健太記得當時媽媽整天都只會說三件事——

以前她曾經和朋友一起去了一家神奇柑仔店。

媽媽買了自己想要的零食。

她的朋友無法買任何零食。

「我當初應該買她想要的零食才對，因為她真的很想要。可是我得知只有自己能買的時候很得意，結果最後也浪費了那種零食的神力。唉，早知道我不應該買『珠寶果凍』的，如果當初我買了她想要的『嬰兒蜂蜜蛋糕』，她就不會那麼不幸了……都怪我太自私，我

根本沒有資格得到幸福。」

媽媽整天都在說這種話，爸爸終於忍無可忍，說他無法再過這種生活，然後就離開了。

於是後來健太就和媽媽、外婆一起生活，但最後媽媽也離家出走了。她說要去找那家神奇柑仔店，所以拋棄了健太。

起初健太很難過，每天都以淚洗面，但這樣會讓外婆傷心，所以他收起眼淚，盡可能在外婆面前展露笑容，也努力當一個乖巧的孩子。時間一久，健太的心情變得輕鬆起來。

如果可以一直和外婆相依為命也不錯。

正當他開始有這種想法時，外婆卻生病了。雖然外婆沒有立即的生命危險，但還是要住院一段時間。

因為聯絡不到媽媽，健太只能暫時和爸爸一起生活。好久沒有見到爸爸，爸爸一看到他就緊緊抱著他問：「你最近好嗎？」但是爸爸再婚的妻子就站在旁邊，一臉懷疑的看著健太。

健太有種不祥的預感，覺得自己應該無法和她相處愉快。

漸漸的，在爸爸家的生活讓他感到窒息，健太很快就受不了了。

「不能繼續住在這裡，我要回外婆家。就算只有我一個人住也沒問題，反正我知道怎麼用吸塵器和洗衣機，三餐可以吃便利商店的

便當和泡麵，在外婆出院之前，我可以一個人住在家裡。」

健太帶著為數不多的零用錢，留下「我要去外婆朋友家」的紙條，就離開了爸爸的家。可是在回外婆家的途中，他居然踏進了「錢天堂」。

沒想到自己可以踏進媽媽夢寐以求的柑仔店。健太起初還無法相信，但他立刻想到了一個好主意。

我可以在這裡等媽媽出現。

健太很愛媽媽，也很想念媽媽，他很希望能再見到媽媽，和媽媽一起生活。

但是，他並不想借助「錢天堂」的零食完成這件事。錢天堂裡的確有可以找到媽媽的零食，但是光是找到媽媽還不夠，因為即使找到了媽媽，媽媽還是會離家出走。只有當媽媽在錢天堂買到她想要的東西，她才能和健太一起生活。

他不想再被媽媽拋棄，所以他決定在媽媽一心想要找到的錢天堂裡等待媽媽出現。外婆和爸爸應該不會擔心自己，因為他已經留了紙條給爸爸，在離開爸爸家，到錢天堂之前，他也有打電話給正在住院的外婆說「我在爸爸家裡過得很好」。

於是，健太就這樣在錢天堂住了下來。他知道自己造成了錢天堂的困擾，所以決定要表現得很乖巧，盡可能的保持禮貌，而且做自己力所能及的事。為了表示自己能夠幫忙，他也主動在店裡做很多事。

但是，當他有一次在店裡看到「珠寶果凍」時，終於忍不住失控了。

「那是媽媽以前買的零食，就是那個媽媽買了之後，卻感到後悔的零食。這種東西根本不應該存在，就是這種零食造成了我和媽媽的不幸。」健太心想。

所以他假裝失手，打破了那個瓶子。

發生那件事之後，他比以前更加努力，想要幫紅子的忙。

「你可以一直留在這裡。」

原本他還期待紅子會對他說這句話，沒想到自己又闖禍了。

「但是……我明明照著說明書做了。」健太咬著嘴脣。

他仔細閱讀了探險茶的說明書，也了解到探險茶的效果是可以享受奇幻世界的樂趣，所以才會送給那個叫遼平的男孩。沒想到那瓶茶的效果，竟然會連沒喝茶的自己也被帶到非現實的世界，而且還是這麼可怕的世界。

說明書上明明寫著「完全不驚悚」，為什麼會這樣呢？

不，他本來就不應該偷探險茶啊。明明知道錢天堂的商品都有玄機，自己卻沒有遵守紅子老闆娘說的話，所以才導致這樣的結果。

他感到後悔的同時，也開始為遼平感到擔心。

「不知道喝下探險茶的那個弟弟是不是平安無事？希望他可以順利逃走，還是他的下場比我更慘呢？唉，如果真是這樣，到底該怎麼辦？」

健太渾身冒冷汗，被不同於剛才的恐懼感折磨著。

「如果我害那個弟弟發生意外該怎麼辦？不行不行，真希望時光可以倒轉！我想回到發生這些事情之前，如果可以回到過去，我一定會避免這種情況發生。」

當他發自內心希望時光倒轉時，看到牢籠外突然亮了起來，紅子出現在他的面前。

「紅、紅子老闆娘！」

「你是來救我的吧！」健太很想這樣大叫，但是他叫不出來，因為紅子臉上露出了神祕的笑容。

紅子慢條斯理的對愣住的健太說：

「幸運的客人，你似乎終於有了想要實現的心願。」

聽到這句話，健太大吃一驚。

紅子並不是來救他，而是身為錢天堂的「老闆娘」，前來實現客人的心願。

健太慢慢把手伸向口袋，想到必須放棄在錢天堂的生活，他的手忍不住顫抖起來，因為這也表示他必須放棄等待媽媽的計畫。可是如果不這麼做，自己也無法逃離虎口，更重要的是，他希望那個弟弟可以回到原來的世界，他必須修正自己犯下的錯誤。

健太從口袋裡拿出五元硬幣，他將硬幣遞給紅子的時候說：

「我、我希望時光倒轉，希望一切都恢復成原來的樣子。」

「既然這樣，這款『時光倒轉米香酥』非常適合你。」

紅子似乎早就準備好了，她拿出一個小袋子，漂亮的天藍色和紙上畫滿了漩渦的圖案。

「這款零食在『錢天堂』的商品中力量特別強大，平時我很少會推薦給客人。因為它不僅可以讓時光倒轉，還會讓客人失去之前的記憶。」

「記、記憶？」

「對，也可以說是等於那個人某段時間的存在消失了。但我相信這正是你目前的心願，我說的對不對？」

「對……」

「那這個五元硬幣我就收下了，昭和四十三年的五元硬幣，真是幸運的寶物。」

「是……」

健太哭喪著臉把五元硬幣交給紅子，拿到了「時光倒轉米香酥」。

他顫抖著打開袋子，發現裡面有好幾塊金褐色漩渦狀的米香酥。只要吃下去，一切就可以恢復原狀。

健太用力閉上眼睛。

自己已經失去了幸運的寶物，無法繼續留在錢天堂。而且自己沒有遵守紅子的指示，紅子也不可能讓他留下來。反正自己會失去所有的記憶，乾脆死心吧，一切都結束了。

健太用力吸了好幾口氣，拿起一個米香酥準備放進嘴裡。

這時，紅子突然開口說：

「我提醒你一件事，『時光倒轉米香酥』可以回到任何一個你想要重新開始的時間點，所以你在吃之前要想清楚，到底要回到哪一個時間點。」

「啊？」

健太看著面帶笑容的紅子，她的笑容很神祕，似乎有什麼言外

之意，好像在說「你應該知道我的意思」。

健太發現紅子給他出了一道謎題，而且這道謎題是在提醒他什麼事。

他絞盡腦汁的思考。

要回到哪個時間點重新開始？是把探險茶交給那個弟弟之前？還是自己偷探險茶之前？不、不對，如果是這樣，紅子不可能特地提醒自己「要想清楚」。

健太終於恍然大悟。

喔，對了，是那個時候，只要回到那個時候重新開始就好了。

健太最後看著紅子說：

「謝謝你。」

然後，他把時光倒轉米香酥放進嘴裡。米香酥除了有香脆的口感，醬油的香氣也隨之在嘴裡擴散，他忍不住覺得太好吃了。

之後，他的意識變得模糊起來。

就讀珠寶設計學校的真央子和好朋友貴惠，一起走在回家的路上。

正值春意盎然的季節，兩旁的櫻花樹開滿了櫻花，吹來的風也很舒服，讓人想要一直走在和煦的春風中。真央子看著這片美麗的櫻花，腦中接連浮現了該怎麼設計新耳環和手鍊的點子。

在學校即將舉辦的珠寶設計比賽中，真央子應該可以有好成績，到時候或許有機會進入大型珠寶品牌工作。

除了設計的點子，夢想和希望也在真央子的內心膨脹。

不過走在真央子身旁的貴惠有點悶悶不樂，她完全沒有欣賞眼前的櫻花美景，一直低著頭，沮喪的走著。

真央子看了貴惠的樣子，忍不住感到難過。

貴惠在不久前得了一種棘手的病，雖然疾病本身已經治好了，但醫生對她說以後可能會沒辦法生孩子。

貴惠很喜歡小孩，原本打算結婚後一定要生小孩，但聽到醫生這麼說，她的內心很受打擊。在那之後她整天鬱鬱寡歡，最近連上課都有點意興闌珊。

真希望可以解決這個問題。

真央子嘆著氣這麼想的時候，好像聽到有人在叫自己。她轉頭一看，發現旁邊有一條昏暗的小巷，不斷延伸到巷弄深處。

要走進去看看。

真央子無法克制想走進巷子的衝動，伸手抓住了好朋友的手。

「貴惠，我們去看看。」

「啊？」

「有什麼關係嘛，偶爾走走不同的路也不錯。」

真央子拉著貴惠的手走進小巷，然後來到一家柑仔店。

那簡直是一家魔法柑仔店，店裡所有的商品都在閃閃發亮，光是看著這些商品，內心就興奮不已。

她們像小孩子一樣，如痴如醉的看著店裡的商品。這時，貴惠輕輕叫了一聲。

「嗯？怎麼了？」

「這、這個……」

貴惠用顫抖的手指著裝在透明袋子裡的零食，裡面有好幾個嬰兒形狀的蜂蜜蛋糕，上面寫著「嬰兒蜂蜜蛋糕」。

「好奇怪，我覺得這個零食根本是為我量身訂做的……我要買這個。」

這時，老闆娘剛好從裡面走出來，貴惠對她說：「我要買『嬰兒蜂蜜蛋糕』。」

沒想到白頭髮的高大老闆娘搖了搖頭說：

「很抱歉，你並不是今天的幸運客人，今天的幸運客人是她，只有她才能在這家『錢天堂』買東西。來，請你挑選一件自己中意的商品。」

老闆娘說話時，轉頭看著真央子。

貴惠央求真央子說：

「拜託你！拜、拜託你，真央子！我晚一點會還你錢，請你買這個『嬰兒蜂蜜蛋糕』，拜託你！」

真央子感到很傷腦筋，因為她也找到了自己想要的零食。那個「珠寶果凍」的小瓶子中裝滿了彩色的果凍，看起來就像是真正的寶石，她覺得立志成為珠寶設計師的自己很需要這款零食。

雖然貴惠是自己的好朋友，但自己為什麼要買零食送她？她這陣子都很沮喪，讓人覺得很可憐，之前自己也認為可以為她做任何事，但這兩件事不能一概而論。

真央子不理會貴惠，想要伸手去拿珠寶果凍。

就在這時——

有人制止了她。有一隻小手抓住了真央子的手，好像在告訴她「不可以這麼做」。

真央子急忙回頭張望，但她身旁沒有其他人，也沒有發現人的氣息。

真央子感到毛骨悚然，覺得很不對勁。如果自己買了「珠寶果凍」，未來可能會很後悔。

於是，真央子看著老闆娘說：

「我要買『嬰兒蜂蜜蛋糕』。」

真央子當然不知道，也不可能會發現，這件小事改變了自己和朋友，以及多年後出生的孩子的命運。

杉田健太，八歲的男孩。昭和四十三年的五元硬幣。

番外篇　翻轉後的命運

健太看著一整排便當。

到底要選哪一個呢？有很多鮭魚卵的海鮮丼？還是有牛排的便當？啊，每一種便當都很好吃，根本沒辦法選。

這時，媽媽問他：

「怎麼樣？決定了嗎？」

「嗯，雖然很煩惱，但我還是選海鮮丼好了。媽媽，你呢？」

「我要吃這種叉燒便當，因為今天想大口吃肉。媽……咦？媽，你怎麼跑掉了！」

聽到媽媽的叫聲，原本在看飲料的外婆走了回來。

「真央子，叫我有什麼事？」

「還問我有什麼事，你想吃什麼便當？」

「我要吃中華便當，炒飯很好吃的那種。健一郎呢？你要幫他買什麼？」

「嗯，我幫他買星鰻便當，他喜歡吃星鰻。」

「喔，對喔。」

健太看到媽媽和外婆笑了，也跟著笑了起來。

媽媽說，今天外婆難得來家裡玩，大家要一起去逛百貨公司，買很多車站便當來舉辦車站便當節。

媽媽總是有很多很棒的提議。她是珠寶設計師，平時工作有點忙，所以放假的時候，就會想出很多和家人同樂的點子，似乎是想彌補平時因為忙碌無法陪伴家人的遺憾。

這時，外婆突然想起一件事，開口詢問媽媽。

「對了，你的朋友貴惠最近還好嗎？」

「很好啊，她生了三個孩子，雖然每天忙得團團轉，但她很幸福。」

「這樣啊，我記得以前曾經聽你說，醫生說她可能無法生小孩，看來當時的醫生是庸醫。」

「呵呵，我想應該不是這樣。」

健太離開媽媽和外婆身邊，想去零食區逛逛。就在這時——

「嗯？」

他覺得好像有人在看他，於是轉過頭。

有一個高大的女人站在人群後方，她比其他人高了一個頭，而且福態的身上穿了一件紫紅色和服，一頭雪白的頭髮盤在頭頂，臉看起來很年輕也很豐腴。

女人對他露齒一笑，健太也對她露出笑容。不知道為什麼，他覺得應該要這麼做才對。

「健太，你在幹麼？」

「嗯，那裡的阿姨……」

「阿姨？你說哪一個？」

「就是那個白頭髮的阿姨，咦？」

健太再度轉過頭時，那個白頭髮的女人消失了。

外婆對覺得自己在做夢的健太說：

「健太，媽媽去買便當的時候，我們去選蛋糕吧，你可以選自己喜歡的。」外婆說。

「太好了！」

健太的媽媽小聲喊著：「啊，媽，我要乳酪蛋糕。」

「我當然知道自己女兒愛吃什麼蛋糕。」

「要幫爸爸選什麼蛋糕呢？」健太一邊想著這個問題，一邊和外婆走去蛋糕店。

滴答、滴答、滴答……

關了燈的通道上響起滴水的聲音，從剛才就一直滴個不停。聲音是從後方鐵門內傳出來的，仔細一看，會發現那道門打開了一條細縫，冷氣從門縫內飄了出來，大大的水滴不停滴在地上，地面已經積了一大灘的水。

嘎嘎嘎——沉重的聲音響起，門慢慢的打開了。冷氣從緩緩打開的門縫中鑽了出來。

不一會兒，一隻沾著白色冰碎屑的小手從門內伸了出來。

接著，一顆深藍色的妹妹頭探了出來……

招財貓座談會

小金　午安，我是「錢天堂」工房的工房長小金喵。

小印　我是「錢天堂」工房負責製作仙貝的小印，喵。

小珀　我是「錢天堂」工房負責製作糖果的小珀，喵嗚。

小金　「神奇柑仔店」系列終於出版第十集了喵。

小印　我們也推出了許多零食新品，喵。

小珀　工房長，你有沒有對什麼零食印象特別深刻？

小金　當然有啊，像是「現釣鯛魚燒」（第一集），連我都覺得那真是傑作喵。

小印　那個零食的確是傑作，喵，可以在自己家裡享受釣魚

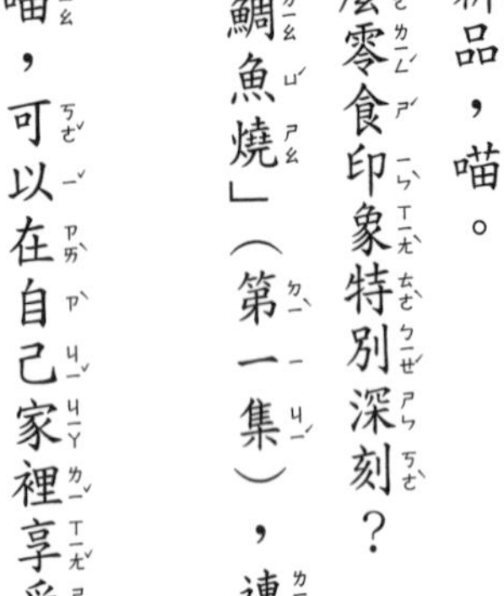

的樂趣，而且釣到的還是鯛魚燒，簡直太吸引人了，喵。主人也經常用它來釣鯛魚燒當點心，喵。

小金 對啊，上次主人說釣到了巧克力鯛魚燒，開心得不得了喵。

小印 小珀呢？你有沒有什麼特別有感情的零食，喵？

小珀 我最喜歡「彩虹麥芽糖」（第四集），喵嗚。當時做這個商品真的費了很多工夫呢，要先抓到彩虹，然後再把它溶在麥芽糖裡。最後終於做出符合原本設計的麥芽糖時，真是高興得忍不住跳起來，喵嗚。小印，那你呢？

小印 我最愛「稻荷仙貝」（第二集），喵，就是那個可以占卜還有附贈品的仙貝。我請負責製作玩具的小麻做了鑰匙圈當贈品，然後用具有稻荷神神力的米粉做了仙貝，喵。

小珀 是不是喜歡占卜的女生買的那個，喵嗚？

小印 對。那個女生的下場很慘，一旦惹怒了稻荷神，後果太可怕了，喵。

小金 說到客人，店裡真的來了各式各樣的客人喵。

小印 還有狗客人呢，就是買了「迷人軟糖」（第六集）的約翰，喵。對了，你們知道嗎？那個約翰其實是雌的，喵。

小珀 真、真的嗎？喵嗚……

小金 太、太驚訝了喵。

小印 聽說牠還是小狗的時候，臉上很多毛又調皮，所以牠的主人就幫牠取了約翰這個名字，但牠真的是雌性，喵。

小珀 太不可思議了，喵嗚。

小金 說到不可思議，買了「睡眠撲滿」（第四集）的女人

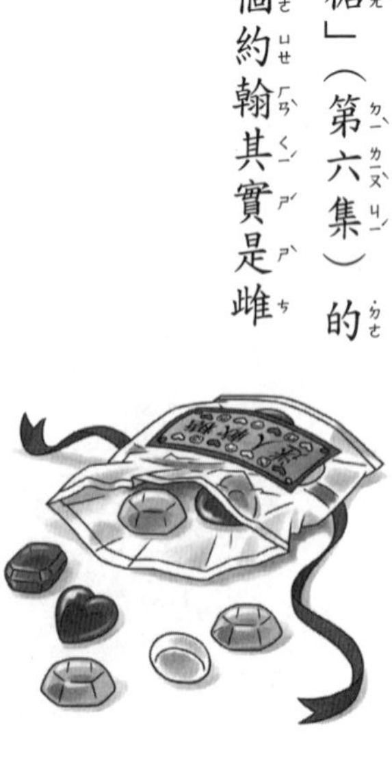

也很不可思議。

小印：喔，你說故意不遵守說明書規定的人，喵？

小金：對喵，她是第一個做這種事的人喵。

小印：我也知道那個人的事，喵，聽說她和吃了「睡不著仙貝」（第四集）的人結婚，現在兩個人開了一家「深夜咖啡店」呢，喵。那家咖啡店的生意很好，兩個人的感情也很好、很幸福，喵。

小珀：太好了，我也想娶老婆，喵嗚。

小金：但是仔細一想，也有不少客人下場很可惜喵，雖然來到「錢天堂」，卻錯失了好運氣喵。

小珀：對啊對啊，像是買了「教主夾心巧克力」（第一集）的北島先生，好像就對主人懷恨在心，喵……不知道他現在怎麼樣了，喵嗚？

小金：聽說他現在仍然對「錢天堂」懷恨在心，搞不好他還沒有死心，還想來搞破壞喵。

小印：這個人還真是糾纏不清，喵。

小珀：說到糾纏不清，誰都比不上「倒霉堂」的澱澱，喵嗚。她整天來找錢天堂的麻煩，主人也覺得她很煩，但她最後還是自作自受了，喵嗚。

小金：主人在解決澱澱那件事之後，也終於可以喘口氣了喵。

小印：對啊對啊，所以主人才帶墨丸一起去旅行，沒想到負責製作麻糬的黃豆，還有負責製作巧克力的麻呂，竟然偷偷跟去了，喵。（注）

小珀：牠們說旅行超好玩，喵嗚。尤其是之前吃了「肩膀痠痛地藏饅頭」（第九集）的客人，他經營的溫泉旅館真是超棒的，喵嗚。

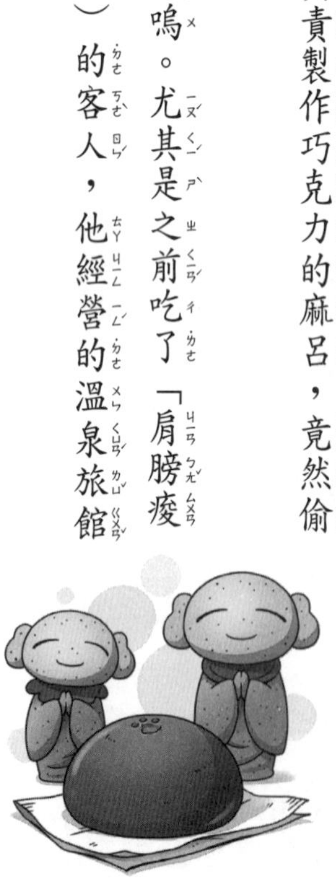

小金　我也好想去喵。

小印　算了算了，我們留在店裡也很輕鬆，這樣就好了，喵。

小珀　雖然玩了抽獎機，結果卻招來了意想不到的客人，喵嗚。

小印　這件事也解決了，所以不用擔心。

小金　那倒是。接下來要迎接十一集了，我們要做很多精采的零食迎接第十一集！

小印　嘿嘿吼！

小珀　我們一起努力，喵嗚！

小金　今天的座談會到此結束。

注：第九集中，黃豆和麻呂出現在這些地方：

第二頁（紅子後方的岩石旁）、第十九頁（百合子後方的座位後方）、第二〇一頁（櫥窗下層左側的角落）、封底（郵筒旁）。

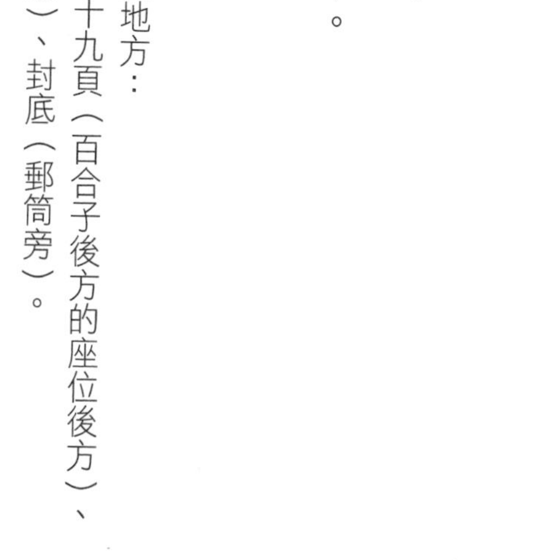

推薦文

這家神奇柑仔店販售「選擇」和「提醒」

◎文／江福祐（新北市板橋國小教師）

我們的生活中常常充斥著各種欲望，有一些是我們為了滿足自己的需求，有些則可能是我們心中對於某些事情的渴望，或只是我們自己無來由天馬行空的幻想，有些則是我們藏在心裡急欲想要找到解決方法的問題……無論是哪一種欲望，其實都是我們在現實生活的的想望。

「神奇柑仔店」錢天堂總是準備了許多會為人們帶來「幸福」的零食，彷彿就是一個儀式般，透過紅子搖動機器，挑選擁有錢幣的幸運顧客，讓他們能「順利找到錢天堂」，並購買解決自身困難的零食或道具，閱讀故事的同時，也豐富了我們很多生活的面向，讓我們的人生充滿精采與希望。不過，這一集的故事卻打破這樣的儀式，讓錢天堂的一切多了許多變數。

故事的一開始就是意外——調皮的招財貓轉動機器，在錢天堂暫停營業的日子招來了幸運的客人健太，但是找上門的健太卻決定不買零食，而是留在錢天堂工作，更奇怪的是，紅子卻把這一切視為自然而然，答應讓他留在店裡，並提供住宿、休息的地方。

在這集故事中，紅子更像是個陪伴者，慢慢等待健太找到自己想買的零食；在健太闖禍之際，卻也不疾不徐的解決問題，並在關鍵時刻適時「提醒」健太要想清楚，而不直接給予答案。這正是《神奇柑仔店》系列一直想透過各種神奇的零食告訴讀者的：遇到困難時，凝視與滿足我們心中的欲望，然後好好的思考、做出選擇。

但故事總是也在滿足想望的過程中，提醒我們在滿足這些欲望的同時，還是有可能有一些道德、法律、情感流動上的疑慮與隱憂需要好好思考，而這些神奇的零食也都有一些使用說明與注意事項，甚至於是「限制」，似乎也是在提醒當我們在馳騁欲望的同時，不能太過逾矩，不過並無損於我們透過作品來滿足我們的想像。

《神奇柑仔店》系列和日本經典卡通「哆啦A夢」有點類似，都是透過某個媒介物讓主角滿足或是解決某一個難題，也都會讓主角與讀者之間產生一些共鳴，但是《神奇柑仔店》系列似乎更貼近了我們現代生活的場景，情節也更深入貼近我們的生活，讓我們看到社會上不同身分、不同年齡的人有哪些煩惱。

現代的學生，課業壓力、同儕相處、家庭關係、人際關係等各方面的問題都比以前來得複雜，或許「神奇柑仔店」也能做為一個情緒的出口，無論是透過故事換位思考，脫離一下自己的煩惱，抑或只是單純滿足於閱讀與想像的喜悅，都是一件令人感到幸福的事。下次出門，記得身上帶零錢，當你走在看似熟悉卻又陌生的巷弄時，不妨探尋一下隱身在深巷裡的小店面，說不定那裡就是「錢天堂」呢！

錢天堂小學特賣會

活動設計／江福祐（新北市板橋國小教師）

「錢天堂」販售各式各樣可以滿足人類欲望或是解決難題的零食，如果你和故事中的健太一樣，有機會成為錢天堂小小店員，你會為學校的同學和老師推薦什麼零食呢？想一想，並寫下這項零食的食譜或是道具的製作方法。【參考答案：功課速速餅乾、老師隱形燈、免做功課徽章、營養午餐變好吃碗、把課本變漫畫書書套……】

神奇柑仔店商品製作說明

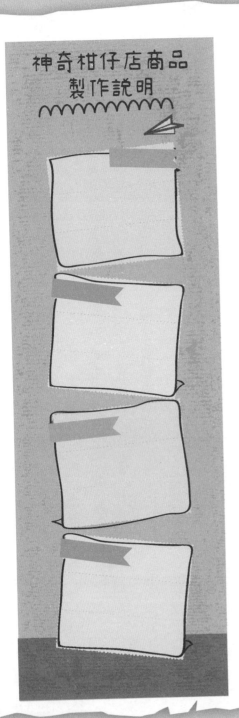

食譜

準備材料

製作步驟

神奇柑仔店10
順風耳軟糖的報應

作　　者｜廣嶋玲子
插　　圖｜jyajya
譯　　者｜王蘊潔

責任編輯｜楊琇珊
特約編輯｜葉依慈
封面設計｜蕭雅慧
電腦排版｜中原造像股份有限公司
行銷企劃｜陳詩茵

天下雜誌群創辦人｜殷允芃
董事長兼執行長｜何琦瑜
媒體暨產品事業群
總經理｜游玉雪
副總經理｜林彥傑
總編輯｜林欣靜
行銷總監｜林育菁
副總監｜李幼婷
版權主任｜何晨瑋、黃微真

出 版 者｜親子天下股份有限公司
地　　址｜台北市104建國北路一段96號4樓
電　　話｜（02）2509-2800　傳真｜（02）2509-2462
網　　址｜www.parenting.com.tw
讀者服務專線｜（02）2662-0332　週一～週五：09:00~17:30
讀者服務傳真｜（02）2662-6048
客服信箱｜parenting@cw.com.tw
法律顧問｜台英國際商務法律事務所・羅明通律師
製版印刷｜中原造像股份有限公司
總 經 銷｜大和圖書有限公司　電話：（02）8990-2588

出版日期｜2021年5月第一版第一次印行
　　　　　2024年5月第一版第二十二次印行
定　　價｜300元
書　　號｜BKKCJ068P
ISBN｜978-957-503-970-7（平裝）

訂購服務
親子天下Shopping｜shopping.parenting.com.tw
海外・大量訂購｜parenting@cw.com.tw
書香花園｜台北市建國北路二段6巷11號　電話（02）2506-1635
劃撥帳號｜50331356　親子天下股份有限公司

國家圖書館出版品預行編目資料

神奇柑仔店10：順風耳軟糖的報應／廣嶋玲子文；jyajya圖；王蘊潔譯. -- 第一版. -- 臺北市：親子天下股份有限公司, 2021.05
256面；17X21公分. --（樂讀456系列；68）
注音版
ISBN 978-957-503-970-7（平裝）

861.596　　110003597

看完故事後，意猶未盡嗎？
掃描QRCode，閱讀獨家故事，
還能動手製作錢天堂的零食喔！